RÉFLEXIONS
PHILOSOPHIQUES ET LITTÉRAIRES
SUR LE POËME
DE
LA RELIGION
NATURELLE.

PAR THOMAS, DE L'ACADÉMIE FRANÇAISE.

A PARIS,

CHEZ DESESSARTS, Éditeur et Libraire, rue du Théâtre-Français, n°. 9, au coin de la place.

AN X (1801).

AVERTISSEMENT

DE L'ÉDITEUR.

Thomas débuta dans la carrière des lettres par cet Ouvrage, qui parut en 1756. L'auteur étoit alors professeur au collége de Beauvais, et avoit à peine vingt-deux ans. Cette production est antérieure d'onze années à l'admission de Thomas à l'académie française, où il n'entra qu'en 1767.

Nous ignorons les motifs qui ont pu déterminer les différens éditeurs de ses OEuvres à supprimer cet Ouvrage, qui est remarquable sous plusieurs rapports. Il falloit en effet du courage pour oser attaquer un écrivain aussi célèbre que Voltaire; c'est d'ailleurs un modèle rare, d'une critique sage et modérée. Nous avons donc pensé, malgré l'oubli auquel on l'avoit condamné pendant près d'un demi siècle, qu'on nous sauroit gré de le reproduire. On aime à juger les écrivains par l'ensemble de leurs productions; on aime surtout à suivre la marche de leur esprit, et a en observer le développement. C'est pour satisfaire ce désir naturel que nous n'avons pas balancé à insérer, dans cette édition, *les Réflexions philosophiques et littéraires de Thomas, sur le poëme de la Religion Naturelle, par Voltaire.*

La Harpe dit, en parlant de cette brochure : « elle renferme une critique contre M. de » Voltaire, *dont il est devenu depuis un des » plus grands admirateurs.* Cette production, » ajoute-t-il, de la jeunesse de Thomas, est » remarquable *par la différence entre les » principes quelle contient, et ceux qu'il a » depuis adoptés* ».

(Voyez *la Correspondance littéraire de la Harpe*).

PRÉFACE.

L'AUTEUR du léger Ouvrage que l'on présente au public, n'est ni théologien ni critique; c'est un homme de lettres qui expose son jugement sur un ouvrage de littérature, sans flatterie, ainsi que sans aigreur; c'est un chrétien qui défend sa religion avec zèle, mais sans fanatisme. En combattant un grand génie, il rend hommage à ses talens; il plaint ses erreurs, et respecte sa personne; son cœur n'est empoisonné ni par l'envie, ni par l'affreux sentiment de la haine. Ami des beaux arts, tous ceux qui les cultivent lui sont chers; il les préfère à tous les autres hommes, et la vérité seule à eux. Il est persuadé qu'un esprit nourri par les lettres, ne doit jamais se laisser infecter par ces sentimens indignes qui flétrisent les ames rampantes du vulgaire; il a en horreur ces insectes de la littérature, dont on n'aperçoit la misérable existence que par leur piqûre empoisonnée; qui affichent sans cesse, dans des Ouvrages aussi méprisables qu'eux-mêmes, la noirceur de leur esprit, et la bassesse de leur cœur. Il n'a jamais vu qu'avec les sentimens de l'indignation, ces libelles satyriques, archives du mensonge et du mauvais goût, que la malignité humaine lit avec fureur dans le premier instant, et que le mépris condamne à un oubli éternel dans le second. Il déteste surtout ce facile et malheureux talent de présenter, sous les traits du ridicule, les choses qui portent l'empreinte du génie; talent déplorable qui avilit celui qui s'en sert, et qui assassine (si j'ose parler ainsi) celui contre lequel on en fait usage. Il est donc bien éloigné d'imiter ceux qu'il condamne à si juste titre; il ose se flatter de ne pas leur ressembler davantage par la manière d'écrire, que par la façon de penser. Forcé, dans plusieurs occasions, de combattre le célèbre auteur du poëme de *la Loi Naturelle*, il a tâché, autant qu'il a pu, de ne jamais sortir des bornes de la modération, que la bienséance et l'humanité prescrivent à tout être pensant. Si par hasard il étoit échappé à sa plume quelques termes un peu trop forts, et qui pussent blesser M. de V**, il les désavoue par avance. Son cœur n'est point fait pour haïr; il se regarderoit comme malheureux, si, par sa faute, il excitoit la haine de quelqu'un. Pénétré d'un profond respect pour les talens de ce grand homme, il lui rend la justice de croire que le poëme de *la Loi Naturelle* n'étoit point destiné à voir le jour dans l'état où il a d'abord été imprimé. C'étoit un fruit encore naissant, et qui, ni pour le coloris ni pour le goût, n'avoit pas encore atteint son point de maturité. C'est en effet ce que M. de V** nous apprend lui même par la préface qu'il a mise au-devant de ce poëme, dans la nouvelle édition de Genève : il y a même fait des corrections qui, pour la partie littéraire, rendent cet Ouvrage beaucoup plus parfait qu'il n'avoit paru d'abord. Ainsi, l'on est obligé d'avertir que plusieurs fautes, qu'on avoit reprises dans ce poëme, ne se trouvent plus dans la dernière édition. Rien ne flatte davantage l'auteur des *Réflexions*, que de voir son goût justifié par celui de M. de V** lui-même.

De même qu'on s'est attaché, dans ces *Réflexions*, à éviter l'esprit de haine, de satyre et de calomnie, qui ne convient qu'aux brigands de la littérature, on croit aussi que l'on ne fera point un reproche à l'auteur d'avoir exposé son sentiment avec une noble liberté, et d'avoir repris tout ce qui lui a paru répréhensible. L'empire littéraire est un état libre, dont tous les citoyens sont égaux. Ce peuple fier et indépendant ne reconnoît les lois d'aucun *despote* qui ait le droit de commander à ses pensées, et de lui arracher des hommages; et y eût-il un trône élevé parmi les gens de lettres, seroit-ce à eux à être courtisans, c'est-à-dire, à mettre les flatteries à la place de la vérité? Dans la république romaine, le dernier des citoyens étoit en droit d'accuser *César*, dès que *César* étoit coupable.

En composant cet Ouvrage, on n'a point cherché le triste et vain plaisir de critiquer. Ce plaisir funeste, si c'en est un, est presque toujours empoisonné par trop d'amertume. Quelque dangereuses que les fautes d'un homme célèbre puissent être pour le bon goût et la littérature, on ne se seroit point hasardé de les relever, si c'eût été là l'unique but de cet Ouvrage. Eh! qu'importe, après tout, sur le théâtre du monde, qu'un auteur soit un peu plus ou un peu moins parfait? Ces sciences, cette littérature, ce bon goût, toujours si vanté et toujours si peu connu, tous ces Ouvrages passagers, alimens frivoles de nos esprits inquiets, touchent-ils à des intérêts si sacrés, qu'il faille pour eux sacrifier un seul instant de la douce tranquillité dont on jouit dans la retraite? Valent-ils la peine qu'un philosophe inconnu et tranquille s'expose à des haines cruelles que souvent une parole fait naître, et que, dans la suite, rien ne peut éteindre? On auroit donc gardé le silence sur ce poëme imparfait et brillant, si la religion attaquée n'eût demandé un défenseur. Cette religion auguste, qui présente à nos esprits des vérités éternelles et des intérêts si grands, gémissante aujourd'hui, et, presque foulée aux pieds, trouve partout les talens et les lettres armés contr'elle. L'humanité, qui n'est grande que par la religion, réunit tous ses efforts pour briser elle-même le seul appui qui la soutienne. Quel est donc l'espoir frivole de tous ces hommes audacieux? Leurs efforts sont impuissans : ce tronc sacré peut être courbé par l'orage; mais appuyé sur des racines inébranlables, il ne peut jamais être renversé. De nouvelles attaques ne font qu'annoncer de nouvelles victoires.

RÉFLEXIONS

RÉFLEXIONS
PHILOSOPHIQUES ET LITTÉRAIRES
SUR LE POËME
DE
LA RELIGION
NATURELLE.

INTRODUCTION.

Lorsqu'on attaque la patrie, tout citoyen devient soldat : lorsque la religion est combattue, tout chrétien doit s'armer pour la défendre. C'est aujourd'hui ce que j'entreprends de faire. Du sein de mon obscurité, j'ose élever ma voix : quoique foible et inconnue, je la consacre à la vérité. Jamais cette vérité sainte n'eut plus besoin d'un vengeur. Le poëme de *la Religion naturelle* est un de ces ouvrages dangereux qui piquent la curiosité du public par la célébrité de leur auteur, et qui peuvent séduire les esprits foibles par les vaines lueurs d'une raison aussi superbe que trompeuse. Cet écrivain brillant et fameux, qui, depuis quarante ans, fatigue son génie pour nous arracher des applaudissemens que souvent l'envie, et quelquefois la raison, lui ont refusés, a ranimé les étincelles de son feu mourant, pour nous donner ce nouveau poëme.

Jamais siècle ne fut plus favorable pour un tel ouvrage. Nos aïeux grossiers, ridiculement esclaves de je ne sais quel respect pour la foi de l'église, s'imaginoient que la religion n'étoit point arbitraire, et que ce n'étoit point assez d'être citoyen, qu'il falloit encore être chrétien. Pour nous, qu'une heureuse fatalité avoit destinés à vivre dans le siècle de la raison, nous avons perfectionné le grand art de penser. Nous laissons le vulgaire imbécille vivre dans l'ignorance et mourir dans la superstition : ces esprits foibles sont faits pour obéir et pour croire : grâces à l'esprit philosophique qui circule dans ce siècle, nous avons reconnu les erreurs des Augustin, des Basile, des Chrysostôme ; nous plaignons l'aveuglement des Pascal, des Bossuet, des Bourdaloue, qui, si près du siècle de la lumière, ont été cependant ensevelis dans la nuit funeste, dont l'esprit humain a été couvert pendant seize siècles. Les mystères que ces prétendus grands hommes avoient eu la simplicité de croire, ne sont plus capables d'en imposer à notre raison. L'autorité de la révélation, cette autorité puissante qui écrase l'orgueil de l'esprit humain, n'est plus qu'un joug importun dont s'est affranchi le sage, et qui n'est destiné qu'à effrayer des enfans et des femmes. L'Indien, adorateur de Brama ; le Chinois, disciple de Confucius ; le Guèbre, sectateur de Zoroastre ; le Tartare, partisan aveugle d'une aveugle fatalité ; le sauvage égaré dans les forêts, sans temple et sans autel ; le bonze austère, le juif vagabond, le stupide musulman, le protestant et le catholique, sont tous également agréables aux yeux de l'Etre suprême, pourvu qu'ils aient ce phantôme de justice, qui consiste à observer les devoirs extérieurs de mari, d'ami, de citoyen et de père.

Voilà la morale, voilà la religion des philosophes et des esprits sublimes de notre siècle. Déjà ces principes retentissent de toute part. Un art perfide et dangereux les insinue dans la conversation. Les charmes empoisonnés d'une trop funeste éloquence, les colorent et les embellissent dans les ouvrages qui paroissent. C'est un poison qui se répand avec fureur dans le corps de la société. Long-temps, comme un fleuve souterrain, il a coulé dans les ombres de la nuit; enfin il s'échappe et se produit au grand jour. Quelqu'un qui auroit suivi tous les progrès de ce fatal système, pourroit dire :

J'ai vu naître autrefois l'affreux Déisme en France,
Foible, marchant dans l'ombre, humble dans sa naissance.
Je l'ai vu, sans support et caché dans nos murs,
S'avancer à pas lents par cent détours obscurs :
Enfin mes yeux ont vu, du sein de la poussière,
Ce fantôme effrayant lever sa tête altière,
Fouler les livres saints, insulter aux mortels,
Et, d'un pied dédaigneux, renverser les autels.

Homère avoit consacré dans ses poëmes la religion de son pays et les dogmes absurdes de la mythologie payenne. Moïse et David, dans des cantiques pleins de la sublime poësie, avoient célébré la religion des Hébreux et la grandeur du Dieu véritable. Les nations les plus féroces ont eu des espèces de cantiques harmonieux, dans lesquels ils célébroient leurs barbares divinités. Parmi nous, le fils du grand Racine, rival de son père par le génie, plus grand que lui par l'usage de ses talens, a ramené la poësie à son auguste origine; et dans un ouvrage immortel a consacré, par le grand art des vers, le triomphe de la religion chrétienne. Aujourd'hui M. de V** ranime sa voix languissante et presque éteinte, pour chanter *la Religion naturelle;* cette religion qu'une orgueilleuse philosophie voudroit élever sur les débris de l'auguste religion de nos pères.

Je ne prétends point accuser l'auteur de n'avoir composé ce poëme que pour défendre le déïsme. Sans doute la première intention du poëte a été de retracer seulement aux yeux des hommes cette loi éternelle et sacrée que la main de l'Etre suprême grave en naissant dans tous les cœurs; cette loi qui est la même dans tous les siècles et dans tous les climats; cette loi qui enchaîne également à son joug, et le philosophe qui, fier de sa raison, se place à côté de Dieu même, et ces êtres grossiers, automates végétans, qui meurent sans avoir jamais pensé. Mais en traitant ce grand sujet, le génie du poëte, nourri des maximes angloises, et plein des idées de tolérance, s'est abandonné à une liberté effrénée de penser et de dire les choses les plus dangereuses.

Je ferai donc quelques réflexions sur les idées de ce poëme hardi et singulier: j'examinerai la liaison de ses parties, ses principes, ses raisonnemens; et comme dans tous les ouvrages de cet auteur, la manière de dire les choses ne fixe pas moins l'attention que le fonds des choses même, je hasarderai quelques réflexions sur la versification, et je tâcherai de mettre ceux qui n'ont point lu cet ouvrage, en état de juger et du philosophe et du poëte.

Je sais qu'il n'appartient point à un peintre vulgaire d'oser juger les tableaux de Raphaël ou du Corrége. Mais aussi je sais qu'il n'y a qu'un âge favorable au génie, et que semblable à ces fruits qui demandent à être échauffés par un soleil brûlant, et qui dégénèrent dans les climats du nord, la poésie a besoin de la bouillante ardeur du premier âge, et ne fait plus que languir parmi les glaces de la vieillesse. Celui que j'attaque, ce n'est point l'auteur d'Œdipe, chef-d'œuvre de versification et de poësie, l'auteur de la Henriade, de Brutus, d'Alzire, de Mérope, des deux premiers actes de Mahomet, des beaux morceaux de Sémiramis, et des lambeaux admirables répandus dans les quatre premiers actes d'Oreste : c'est l'auteur du poëme de *la Religion naturelle*, ouvrage où M. de V** est autant inférieur à lui-même, que dans la plupart de ses autres ouvrages, il est au-dessus des poëtes de son siècle. Le génie de cet homme célèbre est un volcan qui, après avoir pendant long-temps lancé des tourbillons d'une flamme vive et brillante, ne jette plus aujourd'hui que de foibles étincelles, obscurcies par beaucoup de cendres qui s'y mêlent.

Ce poëme est composé de quatre chants, et précédé d'une épître au roi de Prusse. Les deux premiers chants sont les seuls qui parlent de la religion naturelle. Les deux derniers sont des parties épisodiques de ce tout bizarrement composé. Des lieux communs usés, des railleries froides, quelques comparaisons ingénieuses, un style hardi, inégal et décousu, une versification quelquefois obscure, souvent trop familière, et jamais exacte, un ton dogmatique et imposant, des sentences aiguisées en épigrammes, quelques détails admirables : voilà, si je ne me trompe, ce que tout lecteur impartial et sensé trouvera dans ce poëme, s'il veut se donner la peine d'en faire une lecture réfléchie.

A l'égard des raisonnemens et de la liaison qu'ils ont entr'eux, pour mettre tout le monde en état d'en juger, je vais tracer une analyse exacte des quatre parties de ce poëme et de l'épître qui les précède. Ce n'est qu'en dépouillant un ouvrage des ornemens qui l'embellissent, que l'on parvient à bien connoître sa véritable solidité et son mérite réel. Pour juger des traits d'un visage, il faut ôter ce fard étranger qui le couvre et qui en voile les défauts. Et dans tout ce qui est du ressort de la raison, on ne peut trop prendre de précautions pour écarter les piéges séducteurs que nous tend l'imagination, en cherchant à nous éblouir par des fleurs, lorsqu'il faudroit nous convaincre par des raisonnemens.

ANALYSE

DE L'ÉPITRE AU ROI DE PRUSSE.

O vous qui êtes en même-temps guerrier, roi et philosophe, affermissez mon ame contre le préjugé. Tâchons, s'il se peut, d'éclairer l'univers plongé dans l'erreur. Je me souviens que notre première étude fut Horace et Boileau. On trouve dans leurs écrits quelques bons traits de morale. Pope, beaucoup plus profond, est le seul qui apprenne à l'homme à se connoître. Les objets dont Horace et Boileau nous occupent sont trop petits pour vous. Vous voulez connoître votre ame et ses devoirs : voyons ce qu'on peut savoir là-dessus.

ANALYSE
DU POËME.

PREMIÈRE PARTIE.

Écartons d'abord tout système. Examinons l'homme dans son propre cœur. Soit que Dieu ait créé l'univers de rien, soit qu'il n'ait fait qu'arranger une matière éternelle ; que l'ame soit matérielle ou qu'elle ne le soit pas, vous êtes soumis à ce Dieu. Mais quel culte exige-t-il de vous ? Quel est le peuple qui le connoît et lui obéit ? Est-ce le Turc, le Chinois, le Tartare ? Leur culte est différent. Ils se sont donc trompés tous. Mais détournons nos yeux de ces imposteurs : laissons à part la révélation et les mystères du chrétien ; cherchons si Dieu n'a pas parlé par la raison. La nature a donne à l'homme tout ce qui lui est nécessaire dans la vie, une ame, des sens, une mémoire : il doit donc aussi lui avoir donné une loi pour le conduire : puisque c'est-là le plus grand besoin de l'homme. Oui, Dieu nous a donné une loi : cette loi est celle de tout l'univers ; elle est uniforme dans tous les siècles : la nature l'annonce, et les remords la défendent. C'est elle qui fit repentir Alexandre du meurtre de Clitus. Elle est gravée dans le cœur de tous les hommes. Ce n'est point nous qui créons ces sentimens dans notre ame, nous ne pouvons ni les former, ni les changer.

SECONDE PARTIE.

HOBBES et Spinosa prétendent que les remords ne sont que l'effet de l'habitude ; et les idées du bien et du mal, des conventions nécessaires pour le bien de la société. Mais d'où nous vient cet instinct qui nous porte à la société ? Les lois, qui sont l'ouvrage des hommes, sont fragiles et partout différentes. Tout est arbitraire, excepté la justice. Mais cependant la terre est couverte d'injustices, de brigandages, d'empoisonnemens, d'assassinats ; hé bien, en faut-il conclure qu'il n'y a point de vertu ? Le crime n'est que passager. Nos passions nous dérobent pour un moment la vue de nos devoirs : mais cet orage calmé, nous retrouvons la règle au fond de notre cœur. On insiste, et l'on dit : l'enfant ne connoît point dans son berceau cette loi souveraine. Ses mœurs et ses pensées sont les fruits de l'éducation. Il est vrai, l'exemple a beaucoup d'empire sur nous ; mais il n'influe point sur les premiers principes. Ils sont gravés dans nos cœurs par une main divine ; il faut que l'enfant croisse pour qu'il puisse en faire usage. La nature de l'homme n'est n'est point une énigme si difficile à expliquer. Nous avons la raison pour nous éclairer : n'éteignons pas ce flambeau. Ce n'est point à nous d'ajouter de nouvelles lois à celles que Dieu nous a données

---

TROISIÈME PARTIE.

CHAQUE peuple sur la terre a son culte et sa religion ; le juif, le mahométan, le bramine, honorent chacun la divinité par des cérémonies différentes. Les guerres de religion parmi les chrétiens ont fait couler plus de sang que les guerres de politique. Si la superstition pendant deux cents ans causa tant de ravages chez nos aïeux, c'est qu'on voulut ajouter de nouvelles lois aux lois de la nature. Dans ce siècle, grâces à la philosophie, on est moins inhumain. Dans Lisbonne, les auto-da-fés sont plus rares. Le Muphti ne prétend plus forcer les chrétiens de croire à Mahomet ; mais il s'imagine encore que nous serons damnés. De son côté, le catholique damne tous ceux qui ne sont point soumis à sa foi. Quoi donc ! Socrate, Aristide, Solon, Trajan, Marc-Aurèle, Titus, Newton, Leibnitz, Adisson et Loke seront-ils dévorés dans des feux éternels, tandis qu'un moine sera sauvé ? Ne prévenons point le jugement de Dieu. Reconnoissons la vertu de ces hommes sages, et ne les damnons point, puisqu'ils ne nous ont point damnés. Enfans du même Dieu, vivons en frères. Aidons-nous à supporter nos maux. Notre vie est déjà assez malheureuse : n'y ajoutons point de nouvelles amertumes.

QUATRIÈME PARTIE.

Le premier des devoirs est d'être juste : le premier des biens est la paix. Grand prince! comment, parmi tant de religions et de sectes différentes, avez-vous pu maintenir la paix dans vos états ? C'est que vous êtes sage et maître. Ce fut la foiblesse du dernier Valois qui causa sa ruine, et qui prépara l'assassinat de Henri IV. Toute faction devient à la fin cruelle. Le moyen de les anéantir c'est de les mépriser. Louis XIV eut la simplicité de regarder comme importantes les disputes du jansénisme : en y mêlant son autorité, il ne fit que les animer davantage. Le régent les anéantit en les rendant ridicules. Un jardinier est le maître de son terrain. Toutes les plantes qu'il cultive lui doivent le tribut de leurs fruits. Malheur à un état où il y a des lois opposées les unes aux autres. Le sénat de Rome et les empereurs présidoient également à la religion et au gouvernement politique. Aussi parmi les Grecs et les Romains il n'y eut jamais de guerre de religion. Je ne demande pas qu'un roi fasse dans sa capitale la fonction d'évêque. Il faut suivre l'usage de chaque peuple ; mais je soutiens qu'un roi a une égale autorité sur tous ses sujets. L'ouvrier, le marchand, le soldat et le prêtre doivent être confondus par les lois. Que conclure de tout ceci ? C'est que les sots sont la dupe de leurs préjugés. Il ne faut point se faire la guerre pour de telles sotises : l'on doit préférer la paix à la vérité.

RÉFLEXION.

Qu'un Philosophe lise, et qu'il prononce. Je trouve d'abord une épître où l'on insulte, d'un ton superbe et dédaigneux, aux grands noms d'Horace et de Boileau. L'on m'annonce que l'on va traiter les vérités les plus grandes et les plus dignes de l'homme : et cette épître n'est suivie que d'un poëme parsemé de vers brillans, plein d'idées fausses, où l'on trouve de temps en temps les grâces d'un poëte, mais presque jamais la raison d'un philosophe. Je crois voir un portique bâti d'une pierre assez vile, et chargé des inscriptions les plus fastueuses, qui me conduit à un palais vaste mais irrégulier, où l'on voit par intervalle briller un peu d'or et de marbre parmi beaucoup de briques et de plomb. Mais passons au détail des vers.

Qui voyez d'un même œil les caprices du sort,
Le trône et la cabane, et la vie et la mort.

Le sens du premier vers est défectueux : il faudroit : *qui voyez du même œil les faveurs et les cruautés du sort;* parce que ces mots, *du même œil*, demandent deux choses opposées l'une à l'autre, comme dans le vers suivant.

Trône et *cabane* ne sont point grammaticalement opposés. C'est *palais* qui est opposé à *cabane.*

Le terme de *cabane* est aujourd'hui peu usité dans la poësie noble, quoiqu'employé heureusement dans ces vers de Malherbe, *le pauvre en sa cabane où le chaume le couvre, etc.*

Philosophe intrépide, affermissez mon ame,

L'ame d'un si grand homme, qui pendant quarante ans a combattu avec courage les préjugés du vulgaire, a-t-elle encore besoin d'être affermie? M. de V * *, dans un ses anciens ouvrages, dit au même roi Prusse :

Aidez ma voix tremblante et ma lire affoiblie.

Ce vers me paroîtroit placé fort à propos à la tête d'un poëme, tel que celui-ci.

Couvrez-moi des rayons de cette pure flame
Qu'allume la raison, qu'éteint le préjugé.

1. Des rayons éclairent, échauffent, pénétrent, mais on ne dit pas que des rayons *couvrent* quelqu'un.

2. L'on dit des rayons de *lumière :* je ne crois pas qu'on ait encore dit des rayons de *flamme.*

3. *Les rayons d'une flamme que le préjugé éteint et que la raison allume* renferment une certaine obscurité pompeuse qui ne messied pas à un grand génie sûr de sa réputation.

Nos *premiers* entre*tiens*, notre étude *première*.
Etoient, je m'en sou*viens*, Horace avec Boileau.

Citer ces deux vers, c'est en faire la critique. La répétion de *premiers* et *premières* est désagréable à l'oreille. *Je m'en souviens*, est un remplissage inutile et commun. Le dernier vers, outre qu'il choque par la monotonie, est prosaïque et languissant.

Quelques traits échappés d'une utile morale
Dans leurs piquans écrits, brillent par intervalle.

Ces deux vers sont harmonieux et poëtiques : le mécanisme en est heureux. Mais quel arrêt foudroyant porté contre Horace et Boileau! Ces deux hommes regardés jusqu'ici comme les précepteurs du genre humain, les chantres de la raison, et les législateurs de la société : l'un poëte enjoué, philosophe agréable et délicat ; l'autre écrivain solide, poëte raisonnable, censeur inflexible : les voilà condamnés à n'avoir dans leurs ouvrages que quelques traits de morale semés de distance en distance, et comme échappés par hasard. Quelque poids qu'ait l'autorité de notre poëte, il n'est point à craindre que ce jugement devienne contagieux.

Il porta le flambeau dans l'abyme de l'Être.

Abyme de l'Être. Cette expression ressemble à ces nuages colorés et brillans, qui éblouissent, mais qui n'ont point de consistance. Laissons à l'imagination angloise, ou à l'entousiasme oriental, ces expressions qui peut-être ont un faux air de sublime, mais qui ne conviennent point au naturel et à la clarté de notre langue. Notre auteur s'est déjà servi d'expressions à-peu-près semblables dans les vers sur la puissance de Dieu, traduits de Sady, poëte persan :

Qu'il parle, et dans l'instant l'univers va sortir
Des abymes du rien dans les plaines de l'Être.

L'art des vers est dans Pope utile au genre humain.

Qelles sont donc ces vérités sublimes, si utiles aux hommes, dont Pope nous a donnés des leçons. M. Racine dans sa belle épître à Rousseau expose ainsi le systême de ce poëte philosophe.

Heureux membres d'un tout sagement ordonné,
Au bonheur général chaque être est destiné :
Il n'est point de désordre, et des mains de son maître
L'homme est sorti parfait, autant qu'il le doit être :

Tout conspire pour lui, jusqu'aux séditions
Qu'élèvent si souvent de folles passions:
Reconnoissez, ingrats, que leurs secrets ravages
Vous emportent au bien par d'utiles orages.

Ainsi, selon Pope, tout est bien, soit dans l'ordre physique, soit dans l'ordre moral. Tous les êtres qui composent cet univers, forment une chaîne immense, dont le premier anneau tient à Dieu, descend ensuite par degrés jusqu'à la dernière créature. Il y a une gradation de perfections entre tous les êtres créés qui composent les différens anneaux : et l'homme se trouve justement placé dans le degré où il doit être. Quelle peut-être pour le genre humain l'utilité de ces spéculations sublimes? C'est de lui apprendre à secouer le joug de la révélation qui nous enseigne que l'homme est déchu du premier état de grandeur pour lequel il étoit né : que bien loin d'être parfait, il ne fait plus que traîner dans la bassesse et dans le crime les débris de sa première nature : que le désordre physique et moral, les fléaux destructeurs, les passions tyranniques, l'ignorance et la mort devoient être inconnus sur la terre, où ils n'ont été amenés que par le crime : qu'enfin l'ordre interrompu ne sera rétabli que dans un monde nouveau, lorsque le torrent des âges et des siècles, à force de rouler, aura enfin amené l'instant irrévocable, marqué pour la destruction de notre globe.

Que m'importe en effet, que le flatteur d'Octave
Parasite discret, non moins qu'adroit esclave,
En prose mesurée insulte à Latius?

1. Horace n'est pas bien désigné par le titre injurieux de *flatteur d'Octave*. Il n'est point le seul qui

ait prodigué des éloges à cet heureux tyran. Virgile, dans ses Géorgiques, avoit eu la foiblesse de donner le titre de *Dieu* à cet usurpateur qui fut long-temps le plus méchant des hommes :

> *Tuque adeo quem mox, quæ sint habitura Deorum*
> *Concilia, incertum est; urbes ne invisere Cæsar,*
> *Terrarumque velis curam, etc.*

Ovide encore plus lâche dans ses malheurs, prodigua cent fois l'encens devant l'idole qui l'avoit écrasé.

2. Dans quels mémoires inconnus au reste de la terre notre auteur a-t-il trouvé qu'Horace jouât dans Rome le rôle flétrissant de parasite? Il est injuste de juger des grands génies de l'antiquité, par quelques modernes aussi méprisés que méprisables.

3. Le second vers est dur, et la construction en paroît gênée.

4. Qu'Horace ait été flatteur, parasite et esclave, quels rapports ces titres ont-ils avec les insultes qu'il a faites à Latius?

5. Le nom obscur de Latius paroît mal choisi, et n'est point assez connu pour qu'il puisse désigner clairement les satyres d'Horace, où peut-être il se trouve une fois par hasard, si même il s'y trouve.

> Que Boileau repandant plus de sel que de grâce.

Cette critique de Boileau est déplacée dans cet endroit où il s'agit uniquement des matières qu'ont traitées les poëtes, et non de la manière dont ils les ont traitées. D'ailleurs, la fin de ce vers est très-dure à prononcer. Où est ce nombre, cette harmonie enchanteresse qui nous charmoit autrefois dans les vers de M. de V * *.

> Qu'il peigne dans Paris les tristes embarras.

1. On diroit bien peindre les embarras de Paris; mais je doute qu'on puisse dire, *peindre les embarras dans Paris.*

2. *Embarras* est un mot prosaïque qui ne me paroît point convenir à une poësie noble.

3. Que signifie ici l'épithète de *tristes ?*

> Voyons *sur ce* grand point *ce qu'on* a pu savoir,
> *Ce que* l'erreur fait croire aux docteurs du vulgaire,
> Et *ce que* vous inspire un Dieu qui vous éclaire.

Ces trois vers me paroissent languir : on peut les appeler *une prose mesurée*, ainsi que les trois quarts de cette épître. Il n'y a guères que les dix premiers vers où l'on trouve l'ame d'un poëte, cette ame créatrice, qui, semblable à Prométhée, doit animer du feu divin l'argile même la plus grossière.

PREMIÈRE PARTIE DU POËME.

> Et pour nous élever, descendons en nous-mêmes.

Descendre pour s'élever : jeu de mots puérile et froid. Au reste, le badinage n'est que sur les mots : car, dans le fonds, la pensée est très-juste.

> Soit qu'un être inconnu, par lui seul existant,
> Ait tiré, depuis peu, l'univers du néant.

Dérangez la mesure, s'apercevra-t-on que ce sont-là deux vers. *Depuis peu* pourroit peut-être passer pour remplissage,

remplissage, s'il ne faisoit anthithèse avec *éternelle*, qui est dans le vers suivant.

> Soit qu'il ait arrangé la matière éternelle,
> Qu'elle nage en son sein, ou qu'il règne loin d'elle
> Que l'ame, ce flambeau si souvent ténébreux,
> Ou soit un de nos sens, ou subsiste sans eux.

Dans le premier vers, l'exactitude du sens demanderoit, *soit qu'il n'ait fait qu'arranger une matière éternelle.*

Notre poëte, dans cette tirade, réunit, sous un point de vue, plusieurs opinions absurdes et dangereuses sur Dieu, sur le monde, sur la matière et sur notre ame. Il les propose comme indifférentes, comme également probables, sans les appuyer, sans les combattre, et comme s'il vouloit en laisser le choix à ses lecteurs. A quoi sert ici cette vaine et malheureuse ostentation de science? Car je ne soupçonne point un si grand génie d'adopter de telles opinions. Pour décider si l'univers a été créé de rien, ou si la matière est éternelle, un chrétien n'a qu'à consulter la révélation, un philosophe à interroger sa raison. L'une lui prouvera facilement l'absurdité d'une matière éternelle : l'autre lui présentera le tableau de l'univers sortant des abymes du néant au son puissant de la parole de Dieu.

> Qu'elle nage dans son sein, ou qu'il règne loin d'elle.

Que veulent dire ces expressions : *soit que la matière nage dans le sein de Dieu; soit que Dieu règne loin de la matière?* Ce vers très-obscur par lui-même, ne peut avoir que deux sens. Ou le poëte, dans le premier hémistiche, a voulu déguiser, sous le voile ténébreux de ces expressions, le monstre du spinosisme, et dans le second désigner le sentiment opposé à cet affreux système : et alors le second hémistiche sera entièrement faux ; puisque ceux qui combattent le spinosisme ne disent point que Dieu, dans le cercle de son immensité, n'embrasse point la matière, mais seulement que la matière ne fait point partie de Dieu, ou peut-être il a voulu dire simplement, soit que la matière soit contenue dans l'immensité de Dieu, soit qu'elle ne le soit pas. Mais alors, quel sens ce vers présente-t-il ? Et quel est le philosophe, qui, reconnoissant un Dieu, ne l'ait point reconnu immense, et engloutissant tous les êtres dans cette immensité ?

Que l'ame, ce flambeau si souvent ténébreux,
Ou soit un de nos sens, ou subsiste sans eux.

Ce dernier vers est très-obscur. Dans quel sens peut-on dire que l'ame soit un de nos sens ? Le second hémistiche pourroit peut-être nous aider à deviner ce que signifie le premier. L'auteur n'auroit-il pas voulu dire : *Soit que l'ame, comme nos sens, soit dépendante du corps, soit qu'elle soit une substance distinguée et indépendante de la matière.* Quoi qu'il en soit, ce vers ne présente aucune idée nette. Je crois même qu'il vaut mieux respecter le nuage qui le couvre. Ce poëte avoit déjà dit dans un de ses anciens ouvrages.

Ce souffle si caché, cette foible étincelle,
Cet esprit le moteur et l'esclave du corps,
Ce je ne sais quel sens qu'on nomme ame immortelle.

Flambeau ténébreux, expression singulière et hardie, mais qui, cependant, n'est point neuve. Rousseau, en parlant d'un sauvage, avoit dit :

Et notre clarté ténébreuse
N'a point offusqué sa raison.

Je remarquerai en passant qu'il n'y a point eu de siècle où les hommes ait été si fiers du droit de penser, et où l'on se soit tant acharné à décrier et à rabaisser cette partie de nous-mêmes qui pense. On a sans cesse à la bouche le terme orgueilleux de *raison*. On prétend par le secours de cette raison, sonder les abymes les plus impénétrables de la nature et de la religion : et les mêmes personnes nous crient sans cesse que notre ame n'est qu'*une foible étincelle, un flambeau ténébreux, un atôme vil et imparfait*. On médite profondément, pour tâcher, s'il étoit possible, de trouver des rapports entre la pensée et la matière, entre l'ame de l'homme et l'instinct de l'ours ou du cheval. Ah! sachez estimer votre ame autant que vous devez estimer un si grand présent du ciel : ou si vous l'avilissez, du moins contenez-la dans les bornes de la bassesse à laquelle vous l'avez condamnée vous-même.

Quel hommage et quel culte exige-t-il de vous?

Quel hommage et quel culte, répétitions synonimes qui rendroient languissante, même de la prose.

De sa grandeur suprême indignement jaloux,
De louanges, de vœux, flatte-t-il sa puissance?

Le déiste qui voudroit s'affranchir du tribut d'hommages que l'homme doit à la Divinité, cherche jusque dans la majesté de l'Etre suprême des raisons pour autoriser sa superbe indépendance. Il nous crie : « O hommes qui rampez sur la surface de la terre, avez-vous bien l'orgueil de croire qu'un Dieu si grand s'abaisse à contempler les honneurs frivoles que vous lui rendez? Qu'importe à sa grandeur suprême et vos foibles hommages et vos vaines louanges? Et vous et votre globe, et les globes innombrables qui vous environnent, tout, excepté lui-même, disparoit sous la majesté de ses regards ». Tel est le langage du déiste.

Il est vrai que Dieu infiniment grand, infiniment heureux par lui-même, n'a pas besoin des hommages et des louanges des hommes; mais il les exige de nous comme une marque de notre dépendance. Dieu ne doit rien à l'homme, et l'homme doit tout à son Dieu. Il nous a tirés du néant; il a pu nous imposer telle loi qu'il a voulu. Il fut un temps où nous n'étions pas; et nous sommes aujourd'hui. Nous pourrions à chaque instant cesser d'être, et nous subsistons. Quoi! Dieu n'a pas jugé indigne de sa grandeur de nous créer et de nous conserver, et il seroit indigne de cette même grandeur d'exiger des hommages de nous!

Mais quand il n'en exigeroit pas, nous devrions nous y porter de nous-mêmes. Nous le devrions, 1°. par reconnoissance. Celui qui a reçu un bienfait, a des devoirs à remplir envers son bienfaiteur. Des enfans sont obligés de témoigner leur amour envers leur père. Et Dieu n'est-il pas le bienfaiteur et le père commun de tous les hommes? Nous le devrions, 2°. parce que ce commerce d'hommages et de louanges qui lie, pour ainsi dire, l'homme avec l'Etre suprême, qui établit une communication entre la terre et les cieux, honore infiniment l'humanité. L'homme, cet être ambitieux et superbe, cherche sans cesse à s'élever: qu'il apprenne donc que plus il se rapprochera de Dieu, et plus il sera grand.

Enfin parcourez les annales du monde. Dans tous les siècles, dans tous les climats où l'on a connu une divinité, il y a eu des sacrifices, des autels, des cantiques sacrés, ou quelqu'autre signe extérieur de religion et de culte. Si c'est un préjugé, c'est un préjugé universel, un prejugé de tous les siècles, de tous les pays, des nations policées, ainsi que des peuples barbares.

Mais, dit le déiste, prétendre que Dieu exige de l'homme un culte, des hommages et des louanges, n'est-ce point attribuer à l'Etre suprême, une vanité misérable, un frivole amour pour la gloire, que nous regardons nous-mêmes comme un vice et comme une foiblesse dans l'homme? Quoi donc! sur ce raisonnement du déiste, irons-nous renverser les temples, briser les autels, et, la flamme à la main, detruire tous ces monumens sacrés de la religion des hommes? Ou bien reconnoîtrons-nous enfin quelle injustice et quelle stupidité il y a, de juger sans cesse de Dieu, c'est-à-dire, de l'Etre infini, éternel et tout-puissant, par un être aussi foible, aussi borné et aussi imparfait que l'homme?

Au sujet de la gloire, je trouve deux différences marquées entre Dieu et l'homme. Ces deux différences prouvent, d'une manière évidente, que Dieu peut exiger la gloire extérieure qui lui revient des louanges et des hommages de ses créatures; quoique la recherche et l'amour de la gloire soient une foiblesse dans l'homme.

1°. Les hommes n'ont aucun droit à la gloire. S'ils

y prétendent, c'est une injustice : s'ils se la procurent, c'est une usurpation. En effet, qu'est-ce qui pourroit nous donner quelque droit à la gloire ? Est-ce l'éclat des ancêtres et la distinction du nom ? Mais l'orgueilleuse chimère de la naissance est un préjugé utile à l'état, ce n'est point un mérite réel. Son éclat disparoît aux yeux d'un philosophe qui compte les vertus et non les aïeux, et qui n'estime jamais un homme, pour des actions faites par d'autres. Sont-ce les richesses? Mais cè n'est qu'une décoration qui embellit la surface de notre être. Si le stupide Midas veut que je l'estime, parce qu'il possède beaucoup d'or, j'estimerai donc aussi un tonneau rempli de ce même métal : les entrailles de la terre, beaucoup plus riches que Midas, auront encore bien plus de droit à la gloire. Sont-ce les succès brillans de la guerre? Mais souvent ses succès sont injustes : ce sont des crimes heureux, et les plus grands héros ne sont quelquefois que de grands criminels. Mais quand ces triomphes seroient fondés sur la justice, est-ce l'homme qui se procure à lui-même ces succès ? Dieu n'est-il pas le maître absolu des événemens? N'est-ce pas lui, qui, du haut de son trône, envoye aux uns la victoire, aux autres la terreur et la fuite ? Sont-ce les grands talens de l'esprit ? Mais si ces talens ne sont point employés par la vertu, le vice, en les infectant, les avilit. Et quand même la vertu en régleroit l'usage, ces talens sont un prêt que nous a fait la libéralité de Dieu. Nous n'avons pu nous les donner : nous ne pouvons les augmenter sans lui. Enfin, qu'est-ce qui peut nous donner droit à la gloire ? Est-ce, ce qu'il y a de plus grand sur la terre, je veux dire la vertu? Mais ce n'est point dans l'homme qu'elle prend sa source; c'est un écoulement de la vertu infinie, dont l'Etre suprême nous communique une portion. Il est donc prouvé que l'homme n'a aucun droit à la gloire, et qu'il ne peut y prétendre sans injustice. Mais cette gloire appartient à Dieu à très-juste titre. Toutes les vertus et tous les biens prennent leur source au sein de l'Etre infini et éternel : il a donc à la gloire un droit éternel et infini comme lui-même. Par conséquent, de ce qu'il n'est pas permis à l'homme de rechercher la gloire, il ne s'ensuit pas qu'on puisse dire la même chose de Dieu.

2°. Si l'homme recherche la gloire, c'est par intérêt et par besoin. Inquiet et mécontent, toujours trompé et toujours agité par de nouvelles espérances, emporté sans cesse par les tourbillons rapides de ses désirs, sans jamais trouver aucun point fixe sur lequel il puisse s'appuyer en s'arrêtant, l'homme cherche la gloire, comme un bien utile et nécessaire à son bonheur. Il l'appelle au secours du vide affreux qu'il éprouve en lui-même; et se flattant qu'elle sera capable de remplir ce vide, il la regarde comme un remède à ses maux et la ressource de ses besoins. Mais il n'en est point ainsi de Dieu. Infini par sa nature, il trouve dans lui-même le souverain bonheur. En se contemplant il est heureux. Toute la gloire extérieure qu'on peut lui rendre, tous les hommages et toutes les louanges ne peuvent ajouter un seul point à l'immensité de son bonheur. Si donc il exige cette gloire, c'est uniquement parce qu'il est juste, parce qu'il est même nécessaire qu'on la lui rende.

Tout être créé, par la raison seule qu'il est créé, est obligé nécessairement de rendre gloire à l'auteur de son existence. Les créatures insensibles doivent en leur manière glorifier l'Etre suprême qui les a tirées du néant. Elle n'ont reçu l'être qu'à cette condition. S'il y en avoit une seule qui ne servît point à glorifier Dieu, dès-lors même ce seroit une créature inutile et hors d'œuvre. Il seroit impossible qu'elle subsistât; et dans le même instant elle seroit anéantie. Mais toutes ces créatures muettes, ne pouvant élever la voix pour glorifier le créateur, c'est à la créature intelligente à suppléer à leur silence (*a*). « L'homme, » ce roi du monde corporel, est chargé solidairement, » de la part de toutes les créatures, de s'acquitter » en leur nom de tout ce qu'elles doivent à celui qui » leur a donné l'être. Il est leur ame et leur intel» ligence : il est leur voix et leur député : et moins » elles peuvent être religieuses par elles-mêmes, plus » elles lui imposent la nécessité d'être religieux pour » elles »; et ce n'est pas seulement l'esprit qui doit bénir, remercier, adorer. Comme dans la nature il y a deux espèces d'être, l'esprit et la matière; pour que tous les êtres créés rendent gloire à l'Etre créateur, il faut que la matière soit elle-même associée au culte et à la religion des esprits. Il faut donc que dans l'homme, ce pontife de l'univers, le corps par ses regards, ses cantiques, ses prosternemens et ses adorations entre, avec l'ame, en société de religion et de culte. Saus cette espèce de société, la matière incapable

(*a*, Ouvrage des six jours.

de

de rendre par elle-même aucun culte à Dieu, demeuroit muette et ingrate. C'est donc un devoir absolu pour toute créature intelligente de rendre gloire à son créateur. Si elle s'en abstenoit volontairement, elle seroit par là même très-criminelle. Dieu lui-même, tout-puissant et absolu, ne pourroit l'affranchir de ce devoir, parce qu'une telle créature seroit dès-lors un monstre et un assemblage de contradictions. Il y a donc cette différence entre Dieu et l'homme, que l'homme ne peut innocemment rechercher la gloire; et que Dieu, en supposant qu'il y a des êtres créés, ne peut renoncer à cette gloire extérieure, parce qu'elle est essentiellement due à sa qualité d'Etre suprême et infini.

Il lui font tenir tous un différent langage,
Tous ce sont donc trompés?

1. Quelle dureté dans cette foule de monosyllabes réunis! *ils lui font tenir tous : tous se sont donc trompés.* Ce seroit à peine de la prose supportable.

2. Le raisonnement de ces deux vers est faux. Voici ce raisonnement. Il ne peut y avoir qu'une bonne religion : tous les peuples ont des religions différentes. Donc aucun peuple n'a la bonne religion.

La nature a fourni d'une main salutaire,
Tout ce qui dans la vie à l'homme est nécessaire.

La construction grammaticale du second vers paroît gênée : les expressions en sont prosaïques.

Les ressorts de son ame, et l'instinct de ses sens.

Les ressorts de l'ame et l'instinct des sens, paroissent au premier coup-d'œil renfermer quelque chose de singulier et de brillant : mais vus de près, ils ne présentent aucune idée nette : semblables à ces feux que pendant l'obscurité de la nuit, on voit de loin briller dans les campagnes, et qui disparoissent dès qu'on s'en approche.

Le ciel à ses besoins soumet les élémens.

M. de V** a déjà mis cette pensée dans quelques-uns de ses anciens ouvrages, où elle est exprimée d'une manière plus poëtique et plus brillante. Il a dit, en adressant la parole à l'homme.

Souverain sur la terre, et roi par la pensée;
Tu parles, et soudain la nature est forcée :
Tu commandes aux mers, au souffle des zéphirs.

Et ailleurs,

Cieux, terres, élémens, tout est pour mon usage ;
L'Océan fut formé pour porter mes vaisseaux,
Les vents sont mes couriers, les astres mes flambeaux.

On trouvera peut-être quelques défauts d'exactitude dans ces vers : mais le coloris en est brillant, et la poësie animée du feu de l'imagination.

Dans les plis du cerveau, la mémoire agissante,
Y peint de la nature une image vivante.

Comme la comparaison de plusieurs morceaux semblables, traités par différens auteurs, sert infiniment à perfectionner le goût, je rapporterai quelques vers qui ont rapport à ceux de M. de V**. Le cardinal de Polignac a dit dans son anti-Lucrèce :

Sic, ubi res aliquas meditari fortè lubebit,
Præsto sunt optata mihi simulachra : videndum
Se facilis præbet, subitoque arcessitur orbis.
Conspicio simul et cœli fulgentia templa

Et maria et populos, urbesque et viscera terræ.
Qualis, uti perhibent, herbis et carmine diro
Saga potens, erebo pallentes evocat umbras,
Conveniunt manes, spectacula vana, rogantis
Antè oculos, etc.

Ces vers du cardinal de Polignac réunissent l'élégance et la clarté, principal mérite des poëmes didactiques, où souvent l'on est obligé de sacrifier les ornemens de l'imagination à l'austérité des choses.

Chaque objet de ses sens prévient la volonté;
Le son dans son oreille est par l'air apporté;
Sans effort et *sans soin son œil* voit la lumière.

On s'aperçoit que ce sont des vers que l'on vient de lire, parce qu'heureusement ils ont des rimes. Mais, 1°. dans quel sens peut-on dire que *chaque objet prévient la volonté de nos sens ?* Ce vers présente-t-il à l'esprit une idée nette?

2°. *La volonté des sens.* Est-ce dans les sens ou dans l'ame que réside la volonté? Cette expression est-elle digne d'un philosophe?

3°. *Le son dans son oreille. Sans effort et sans soin son œil.* Est-ce là l'harmonie d'un vers? est-ce même la marche coulante d'une belle prose?

Les mêmes idées sont rendues sous d'autres images par le cardinal de Polignac. Voici comme il s'exprime en parlant de notre ame:

Denique multiplices annexi corporis artus
Dirigit, arbitrioque potens dominante gubernat.
Nam, quocumque jubet, faciles vertuntur ocelli,
Pesque manusque volant, ad nutum inflectitur omnis
Musculus, ad nutum fermè omnia membra sequuntur.

Sur son Dieu, sur sa fin, sur sa cause première
L'homme est-il sans secours à l'erreur attaché?

Sur son Dieu, sur sa fin, sur sa cause. 1°. Cette répétition des mêmes monosyllabes réunis et entassés, me paroît choquer l'oreille. 2°. Peut-on dire : *L'homme est attaché à l'erreur sur son Dieu.* Cette phrase est-elle françoise?

Quoi! le monde est visible, et Dieu seroit caché?

Voici donc le raisonnement de notre poëte. Le monde est visible: donc il doit y avoir une loi naturelle, par laquelle Dieu se manifeste aux hommes. Il faut avoir des yeux bien pénétrans pour apercevoir le nœud secret qui lie ensemble ces deux propositions. Sans doute le défaut de raisonnement s'est ici dérobé aux yeux du poëte, parce qu'il étoit couvert des voiles brillans de l'anthitèse.

Quoi! le plus grand besoin que j'aye en ma misère
Est le seul qu'*en effet* je ne puis satisfaire?
Non : ce Dieu qui *m'a fait, ne m'a pas fait* en vain.

1°. *Dieu m'a fait. Dieu ne m'a pas fait en vain.* Expressions de conversation, qui ne conviennent point au style noble d'un poëte.

2°. *Est le seul qu'en effet : Dieu qui m'a fait ne m'a pas fait.* Ce retour des mêmes sons dans l'espace de deux vers, choque l'oreille, et peut passer pour une petite négligence dans un si grand poëte.

Sans doute il a parlé, mais c'est à l'univers:
Il n'a point de l'Égypte habité les déserts:
Delphes, Délos, Ammon ne sont pas ses asiles:
Il ne se cacha point aux autels des sybilles.

Ces quatre vers, s'ils étoient entendus d'une matière trop générale, pourroient peut-être avoir quelque chose de dangeurex. Sans doute Dieu a parlé à l'univers entier par l'organe de la loi naturelle. Elle a pendant quelque-temps suffi pour conduire les hommes qui, voisins encore de la naissance du monde, et sortis nouvellement des mains de l'artisan suprême, n'avoient point encore altéré les sacrés caractères gravés par la main de Dieu sur cette argile encore récente. Mais cette loi primitive a été suivie de deux autres lois dont Dieu est également l'auteur : la loi mosaïque, gravée sur la pierre, donnée aux hommes dans l'appareil le plus terrible et le plus majestueux, déposée entre les mains des Hébreux, alors seuls adorateurs de l'Etre suprême : et la loi sainte, loi pure des chrétiens, qu'un Dieu lui-même est venu annoncer sur la terre; loi, pour laquelle un Dieu s'est fait homme, et qui, des hommes, fait presque des Dieux. Ces deux lois n'ont point abrogé la loi naturelle qui subsiste encore, et est toujours la même; mais elles l'ont perfectionnée, et y ont ajouté de nouvelles règles et de nouveaux préceptes pour ce qui regarde le culte et les hommages que nous devons à la Divinité. Ainsi la religion naturelle est aujourd'hui insuffisante, et nous avons envers Dieu d'autres devoirs à remplir, que ceux auxquels les premiers hommes étoient assujettis.

Le déiste, zélé partisan de la religion naturelle, s'attache avec empressement au moindre roseau qui paroît lui présenter quelque appui. Il prétend que Dieu seroit inconstant, s'il avoit successivement établi trois religions sur la terre. Mais quoi de plus frivole et de plus insensé qu'une telle objection ? En effet, si ces trois religions entrent dans le même plan de la Divinité; si liées ensemble par une chaîne visible et marquée, elles ne forment qu'une seule et même religion, moins développée dans un temps, plus épurée et plus perfectionnée dans l'autre; quelle tache de caprice ou d'inconstance, l'œil du déiste peut-il apercevoir dans cette conduite de l'Etre suprême? Il n'y a rien de plus ancien parmi les hommes, que la religion que professe le chrétien. L'histoire de sa naissance est l'histoire de la naissance du monde. Sous la loi de nature et sous les patriarches, sous Moyse et sous la loi écrite, sous David et sous les prophêtes, enfin sous Jésus-Christ même et sous la loi de l'Évangile, la religion a toujours été uniforme: on y a toujours reconnu le même Dieu comme auteur; le même christ, comme sauveur du genre humain: Jesus-Christ, ou attendu, ou envoyé sur la terre, a été, dans tous les temps, l'objet de l'espérance ou du culte des vrais adorateurs. Il est le centre commun où aboutissent et viennent se réunir ces trois religions qui n'en font qu'une. L'éternelle providence, dans tous ces temps différens, a réglé les différens états de la religion, sur les besoins des hommes.

Dans les premiers siècles, le monde étant encore nouveau, et portant, pour ainsi dire, l'empreinte récente des mains du créateur, changé, quelque temps après, en une immense solitude par la vengeance mémorable du déluge, et depuis ayant été repeuplé par un homme juste, échappé seul de la destruction universelle: les hommes alors si près de l'origine des choses, pour connoître l'unité de Dieu, ses grandeurs et l'adoration qui lui étoit due, n'avoient besoin que de la tradition qui s'étoit conservée depuis Adam et depuis

Noé. Ils n'avoient à consulter que leur raison et leur mémoire. La terre encore, pour ainsi dire, toute trempée des eaux vengeresses du déluge, étoit un livre immense où étoient écrits en caractères ineffaçables, les devoirs de tous les hommes envers l'Etre suprême. Mais à mesure qu'on s'éloignoit de l'origine du monde, les hommes confondirent les idées qu'ils avoient reçues de leurs ancêtres. La raison foible et corrompue, subjuguée par le pouvoir impétueux des sens, tomba dans l'égarement de l'idolâtrie. Déjà cette erreur stupide s'étoit répandue chez la plupart des nations de la terre. Dieu ne voulut point abandonner plus long-temps à la seule mémoire des hommes, le mystère de la religion et le dépôt de la vérité qui étoit déjà si fort altérée par le mélange impur de toutes sortes de fables. Pour donner de plus fortes barrières à l'idolâtrie qui inondoit le genre humain, et en même-temps pour former son peuple à la vertu par des lois plus expresses, il grava lui-même sur deux tables de pierre, les préceptes fondamentaux de la religion et de la société, et dicta les autres lois à Moyse son interprète et son ministre. Les hommes, dont la raison étoit alors abrutie par les sens, incapables de s'élever par eux-mêmes aux choses intellectuelles, avoient besoin d'être soutenus et réveillés par des récompenses et des châtimens temporels, images et symboles des biens ou des châtimens éternels qui leur étoient destinés après le court espace de cette vie. Il falloit d'abord prendre par les sens ces ames grossières qui avoient perdu, pour ainsi dire, quelque chose de leur être spirituel et intelligent. Tel étoit le ministère de Moyse; tel étoit l'esprit de sa loi. Mais, à travers cette foule de préceptes et d'observances légales, le fond de la religion des Juifs n'étoit autre chose que l'attente du Messie. Ce grand événement étoit le but de leur espérance, l'objet de leurs vœux, le point fixe où se rapportoient toutes leurs cérémonies et tout leur culte.

Enfin, après que Dieu eut montré assez long-temps à la terre le grand spectacle d'un peuple dont la bonne ou la mauvaise fortune dépendoit de sa religion ou de son impiété, monument admirable de son éternelle providence : après que le genre humain eut assez connu, par une longue et fatale expérience, le besoin qu'il avoit d'un secours extraordinaire; ce Sauveur annoncé, attendu et désiré depuis quatre mille ans, parut enfin, et fit succéder à la loi de Moyse, une loi plus auguste, moins chargée de cérémonies, et plus féconde en vertus.

Voici un nouvel ordre de choses. La terre apprend à concevoir des idées plus sublimes de la Divinité. Jésus-Christ propose à l'homme, les (a) « profondeurs » incompréhensibles de l'Etre divin, la grandeur ineffable de son unité, et les richesses infinies de cette » nature, plus féconde encore au-dedans qu'au-dehors, » capable de se communiquer sans division à trois » personnes égales ». Il découvre à nos yeux cette union incompréhensible du Dieu éternel et infini, avec la nature de l'homme; union qui pacifie le ciel et la terre, et qui, en épurant le genre humain, l'associe à la majesté de Dieu. La dignité, l'immortalité et la félicité

(a) Bossuet, *Hist. Univ.* page 254. Edit. in-4°, 1732.

éternelle de l'ame est montrée aux hommes dans une entière évidence. Un bonheur immense, inaltérable et sans fin, bonheur proportionné à la grandeur d'un esprit fait à l'image de Dieu, bonheur qui répond et à la majesté d'un Dieu éternel, et aux espérances de l'homme, à qui il a fait connoître son éternité, voilà les récompenses que ce nouveau législateur vient annoncer aux hommes. Avec ces récompenses, il propose de nouvelles idées de vertus, des pratiques plus saintes et plus épurées, une religion qui élève l'homme au-dessus des sens, qui l'unit à Dieu par l'amour, qui l'arrache à soi-même par la mortification et par la patience. C'étoit à ce Christ, à cet homme-Dieu qui portoit dans son sein l'éternelle vérité, c'étoit à lui qu'il étoit réservé de montrer aux hommes toute vérité, c'est-à-dire, celle des mystères, celle des vertus et celles des recompenses. Tous les temps qui ont précédé sa naissance, ont servi à préparer le genre humain à ces vérités sublimes. L'église a toujours eu une tige subsistante, dont la racine touche à l'origine du monde. Toute la conduite de Dieu sur la religion forme une chaîne admirable, dont les premiers anneaux tiennent aux patriarches, et se succèdent ensuite jusqu'à nous, sans être interrompus. Quel est donc l'aveuglement du déiste de ne point apercevoir ce merveilleux enchaînement? ou s'il l'aperçoit, quelle est son orgueilleuse stupidité, d'oser accuser Dieu d'inconstance dans ses desseins?

Il n'a point de l'Egypte habité les déserts;
Delphes, Délos, Amnon ne sont pas ses asiles.

M. de V** avoit déjà mis cette même pensée dans sa tragédie de *Sémiramis: J'ai fait en secret*, dit cette reine:

Consulter Jupiter, aux sables de Lybie;
Comme si, loin de nous, le Dieu de l'univers
N'eût mis la vérité qu'au fond de ces déserts.

Sémiramis, act. 1. sc. 5.

On nous donne aujourd'hui peu de pensées qu'on ne trouve dans les anciens auteurs. Celle-ci tire son origine de Lucain. Elle se trouve dans le discours admirable de Caton, lorsque ce fier stoïcien refuse d'entrer dans le temple de Jupiter-Amnon pour le consulter.

. . . . Non vocibus ullis
Numen eget; dixit que semel nascentibus Autor
Quidquid scire licet: steriles nec legit arenas
Ut caneret paucis, mersitque hoc pulvere verum.
Est-ne Dei sedes, nisi terra et pontus et aer
Et cœlum et Virtus.

Lucanus de Bello civili, Liv. 9. vers. 574.

Voici la traduction de Brébœuf :

Alors que du néant nous passons jusqu'à l'être,
Le ciel met dans nos cœurs tout ce qu'ils faut connoître.
Nous trouvons Dieu par tout : par tout il parle à nous,
Nous savons ce qui fait ou détruit son courroux,
Et chacun porte en soi ce conseil salutaire,
Si le charme des sens ne le force à se taire.
Pensez-vous qu'à ce temple un Dieu soit limité?
Qu'il ait dans ces déserts caché la vérité?
Faut-il d'autre séjour à ce monarque auguste
Que les cieux, que la terre et que le cœur du juste?

Ces vers sont admirables, et leur beauté est d'autant plus réelle, qu'elle prend sa source, non dans le vain éclat des expressions, mais dans la grandeur des idées.

La morale uniforme, en tout temps, en tout lieu,
A des siècles sans fin, parle au nom de ce Dieu.

La tournure de ces deux vers me paroît prosaïque et languissante.

En tout temps, en tout lieu : style de conversation plutôt que de poësie.

Parlé à des siècles sans fin : expression peu naturelle, et qui même a quelque chose de dur et d'embarrasé.

De ce culte éternel la nature est l'apôtre.
Le bon sens la reçoit ; et les remords vengeurs,
Nés de la conscience en sont les défenseurs.

Ces vers sont ingénieux ; mais voilà tout leur mérite. Quoi donc ! N'y avoit-il que de l'esprit à mettre dans un sujet si grand, si susceptible de vraies beautés, si propre à échauffer l'imagination ? Quel tableau offriroit à nos yeux, la peinture des remords tracée par un pinceau hardi ? Juvénal, dans son style étincelant, toujours fort et quelquefois sublime, a dit, en parlant à un homme qui cherchoit à se venger d'une infidélité :

. . . . Cur tamen hos tu
Evassisse putes, quos diri conscia facti
Mens habet attonitos, et surdo verbere cœdit,
Occultum quatiens, animo tortore, flagellum ?
Pœna autem vehemens, ac multo saevior illis
Quas et Ceditius gravis invenit et Rhadamantus,
Nocte dieque suum versare in pectore testem.
. . . .
Hi sunt qui trepidant, et ad omnia fulgura pallent ;
Cum tonat, examines primo quoque murmure Cœli :
Non quasi fortuitus, nec ventorum rabie, sed
Iratus cadat in terras, et judicet ignis.
. . . .
Exemplo quodcumque malo committitur, ipsi

Displicet auctori : prima haec est ultio, quod, se
Judice, nemo nocens absolvitur; improba quamvis
Gratia, fallaci prœtoris vicerit urna.

Juvénal, at. 13

M. Racine, dans le poëme de *la Religion*, a rendu en très-beaux vers, quelques-unes de ces idées sublimes, et y en a lui-même ajouté de nouvelles.

Dans ses honteux plaisirs, il cherche à se cacher,
Un éternel témoin les lui vient reprocher.
Son juge est dans son cœur, tribunal où réside
Le censeur de l'ingrat, du traître, du perfide.
Par ses affreux complots, nous a-t-il outragés?
La peine suit de près, et nous sommes vengés.
De ses remords secrets, triste et lente victime,
Jamais un criminel ne s'absout de son crime.
Sous des lambris dorés, ce triste ambitieux
Vers le ciel, sans pâlir, n'ose lever les yeux.
Suspendu sur sa tête, un glaive redoutable
Rend fades tous les mets dont on couvre sa table.
Le cruel repentir est le premier bourreau
Qui dans un sein coupable enfonce le couteau.

Poëme de la Religion, Chant I.

Ces vers réunissent l'éclat des expressions, la solidité des idées et la beauté des images.

Pensez-vous en effet, que ce jeune Alexandre
Teint du sang d'un ami trop inconsidéré, *etc.*

Pensez-vous en effet : ce tour me paroît trop familier et ne convient pas à l'élévation d'un poëme.

Inconsidéré : terme prosaïque, qui jusqu'ici n'a été reçu que dans des vers de comédie.

Ils auroient dans leurs eaux lavé ses mains impures;
Ils auroient à prix d'or *bientôt* absous un roi.

1. L'idée que le poëte a voulu exprimer dans le

premier vers, n'est point rendue assez clairement. Il faut presque deviner qu'il a voulu faire allusion à ces bains dans lesquels on lavoit les criminels, pour les purifier des souillures qu'ils avoient contractées par leurs crimes.

2. *Ils auroient lavé, ils auroient absous* : cette répétition des mêmes mots au commencement de chaque vers, blesse l'oreille et rend le second vers languissant.

3. *Bientôt*, paroît n'être ajouté que pour faire un pied; et quand même il seroit nécessaire, il auroit fallu le mettre dans le premier vers.

Honteux, désespéré d'un moment de furie,
Il se jugea lui-même indigne de la vie.

Quelle foiblesse dans ces vers! Est-ce donc là le même auteur qui dans *Mariamne*, dans *Brutus*, dans le *Fanatisme*, a peint, avec des couleurs si fortes, les remords d'Hérode, de Titus, de Mahomet? Cependant quelle situation à représenter que celle du meurtrier de Clitus, lorsque revenu de sa fatale ivresse, il reconnut ses mains teintes du sang d'un ami qu'il adoroit!

On peut comparer ce morceau de M. de V** avec la description éloquente que M. Racine fait des remords de Tibère, dans le poëme de *la Religion*.

Des chagrins dévorans attachés sur Tibère,
La cour de ses flatteurs veut en vain le distraire.
Maître du monde entier, qui peut l'inquiéter?
Quel juge, sur la terre, a-t-il à redouter?
Cependant il se plaint, il gémit; et ses vices
Sont ses accusateurs, ses juges, ses supplices.
Toujours ivre de sang et toujours altéré,
Enfin, par ses forfaits au désespoir livré,

Lui-même étale aux yeux du sénat qu'il outrage
De son cœur déchiré la déplorable image.
Il périt chaque jour, consumé de regrets,
Tyran plus malheureux que ses tristes sujets.

Poëme de la Religion, Chant I.

Ce morceau, outre le mérite de la belle poësie, a encore celui de montrer admirablement, que les remords de la conscience sont une excellente preuve de la Religion naturelle : au lieu que M. de V** ne présente les remords d'Alexandre, ni comme philosophe, ni comme poëte.

Cette loi souveraine, à la Chine, au Japon,
Inspira Zoroastre, illumina Platon,
D'un bout du monde à l'autre, *elle parle*, *elle crie*, etc.

Une loi qui illumine quelqu'un : me paroît une expression neuve et inconnue jusqu'ici; je doute que M. de V** l'approuvât lui-même dans un autre.

Le poëte, dans ces vers, a eu sans doute dessein d'imiter ce bel endroit de Fénelon. « (*a*) Ce maître » est par tout, et sa voix se fait entendre d'un bout » de l'univers à l'autre, à tous les hommes, comme » à moi. Pendant qu'il me corrige en France, il cor- » rige d'autres hommes à la Chine, au Japon, dans » le Mexique et dans le Pérou, par les mêmes prin- » cipes. . . . . (*b*) Les hommes de tous les pays » et de tous les temps, quelque éducation qu'ils aient » reçue, se sentent invinciblement assujettis à penser » et à parler de même ».

(*a*) Fénelon, *OEuvres philos.* I. Part. sect. 55.
(*b*) Le même, au même endroit, sect. 56.

Avons-nous fait notre ame, *avons-nous fait* nos sens ?
L'or qui naît au Pérou, *l'or qui naît* à la Chine, etc.

Il suffit de lire ces vers, pour sentir ce qu'ils ont de choquant par la monotonie, et de défectueux par l'inexactitude.

Le ciel fit la vertu, l'homme en fit l'apparence.

Voilà un de ces vers qui appartiennent au siècle, et qui caractérisent le goût d'aujourd'hui; un vers qui, prononcé sur le théâtre, seroit sûrement applaudi, avant que d'être entendu : car il est dans les règles, et il ne lui manque aucune des qualités nécessaires pour cela. C'est une sentence détachée, parée des grâces de l'entithèse, faisant épigramme, et qui, pour comble de mérite, n'a point de justesse.

1. *Le ciel*, au lieu de *Dieu*, ne me paroît pas juste en cet endroit; il faudroit dire : *Dieu fit la vertu. Ciel* est ici en opposition avec *homme*, et ces deux termes ne sont pas opposés grammaticalement. *Ciel* est opposé à *terre*, *Dieu* à *homme*.

2. *Faire la vertu*, me paroît une expression obscure et entortillée.

3. Quelle est ici la véritable pensée du poëte? Examinons en philosophes ce qu'il a voulu dire. Veut-il dire tout simplement que c'est Dieu qui a mis dans nos cœurs les premiers principes de la vertu? Mais alors il n'a point rendu son idée, et les expressions dont il se sert, ou ne signifient rien, ou signifient toute autre chose. Il y a un autre sens plus profond et plus naturel. Le voici : *Dieu a créé les premiers principes qui constituent la vertu.* Mais cette proposition

n'en est pas moins fausse, qu'elle est dangereuse ; car elle nous rameneroit au sentiment de Hobbes, qui prétend que dans la nature des choses, il n'y a point de différence entre le juste et l'injuste, et que le bien moral tire sa première origine, non d'aucunes différences naturelles et nécessaires, qui soient dans les actions humaines, mais du pouvoir absolu et *irrésistible* du Dieu qui nous commande.

Le fameux docteur Clarke s'est élevé contre ce sentiment, avec autant de force que de solidité. « (*a*) Cette » loi naturelle, dit-il, oblige antécédemment à la dé- » claration positive que Dieu a faite, que c'étoit sa » volonté que les hommes s'y conformassent. Car, » comme certaines opinions géométriques donnent cons- » tamment la solution de certains problèmes : ainsi, » en matière de morale, il y a de certaines relations » de choses, qui sont nécessaires et immuables, et » qui bien loin de devoir leur origine à un établis- » sement arbitraire, sont de leur nature d'une néces- » sité éternelle, c'est-à-dire, qu'elles ne sont pas bonnes » et saintes, parce qu'elles sont commandées; mais que » Dieu les a commandées, parce qu'elles sont bonnes » et saintes ».

Burlamaqui, dans son admirable ouvrage sur les principes du droit naturel, soutient de même (*b*) que les lois naturelles ne dépendent point d'une institution arbitraire de Dieu.

(*a*) Samuel Clarke, *Preuves de la Religion naturelle et révélée*, tom. 3. Chap. 3. art. 6.

(*b*) Burlamaqui, *Principes du droit naturel*, II part. Chap. 5. num. 5.

Il

Il la peut revêtir d'imposture et d'erreur.

Que veulent dire ces expressions? *L'homme peut revêtir la vérité d'imposture.* Ou ces mots ne renferment aucun sens, ou s'ils en ont un, il faut le deviner. Ce poëme est rempli de vers mystérieux qui, semblables aux anciens oracles, c'est-à-dire, enveloppés d'une respectable obscurité, frappent l'oreille par un vain son de paroles, mais ne présentent aucune idée à l'esprit.

Si le sens de vos vers tarde à se faire entendre,
Mon esprit aussitôt commence à se détendre;
Et de vos vains discours prompt à se détacher,
Ne suit point un auteur qu'il faut toujours chercher.

Boileau, *Art poëtique*, Chant 1.

Voilà quelques-unes des remarques particulières que l'on peut faire sur la première partie de ce poëme. Je me contenterai d'y ajouter une seule réflexion; c'est que le poëte a traité ce grand sujet de la manière la plus superficielle. Je crois voir un papillon qui voltige sur la surface d'un abyme. Il avance qu'il y a une loi naturelle, et que cette loi existe dans le cœur de tous les hommes; mais il n'apporte aucune preuve de cette grande vérité. Et cependant quel champ, quelle carrière pour un génie fécond et brillant! Combien d'or, cette mine travaillée avec soin, auroit-elle pu fournir entre les mains de ce poëte célèbre? Il nous auroit présenté avec autant de force que de grandeur, toutes les différentes preuves, tant métaphysiques que morales, de la loi naturelle.

1. (*a*) La différence essentielle, nécessaire et coéternelle à Dieu-même, qui se trouve entre le juste et l'injuste, entre le bien et le mal moral; différence indépendante de toute autorité, de toutes circonstances, aussi inaltérable que Dieu et la règle de Dieu-même; différence qui a précédé la naissance des lois, des siècles et des mondes, et qui leur survivra, lorsque l'éternité aura succédé à ce point qu'on nomme *le Temps* : lorsqu'il n'y aura plus ni lois, ni tribunaux, ni trônes, ni temples, ni autels.

2. L'instinct secret qui porte tous les hommes à se rapprocher et à se réunir ensemble par les liens de la société; instinct qui prouve admirablement l'existence d'une loi naturelle; puisque, Dieu seul ayant pu nous inspirer ce goût pour la société, cet être infiniment sage doit aussi avoir mis dans nos cœurs des règles de justice, sans lesquelles la société ne sauroit subsister.

3. Les principes de conduite que tout homme, en

(*a*) *Lex quæ saeculis omnibus antè nata est, quàm scripta lex ulla, aut quàm omnino civitas constituta est.* Cic. de leg. lib. 1.

Legem neque hominum ingeniis excogitatam, nec scitum aliquod esse populorum, sed aeternum quiddam, quod universum mundum regeret. Idem, de leg. lib. 2. cap. 4.

Vis ad rectè facta vocandi et à peccatis avocandi, non modo senior est quam aetas populorum et civitatem, sed aequalis illius cœlum atque terras tuentis et regentis Dei. Idem, ibid.

Recta ratio naturae congruens, diffusa in omnes, constans, sempiterna. Huic legi nec obrogari fas est, neque derogari ex hac aliquid licet. Idem, de Rep. lib. 1. fragm.

rentrant en soi-même, trouve en effet dans le fond de son cœur, sur la dépendance de la créature à l'égard de son créateur, sur la beauté de l'ordre, sur la justice, sur la reconnoissance qu'on doit pour un bienfait; principes fixes et invariables, qui, par un ascendant victorieux, entraînent malgré nous-mêmes le suffrage de notre raison.

4. Ce sentiment intérieur, ou, comme l'appelle un savant écossois, (a) cette espèce de *sens moral*, qui, suivant la définition de Burlamaqui, (b) discerne tout d'un coup en certains cas le bien et le mal, par une sorte de sensation et par goût, indépendamment du raisonnement et de la réflexion; qui fait qu'à la vue d'un de nos semblables qui souffre, nous sommes émus de compassion; que notre premier mouvement est de secourir un malheureux qui nous implore; que lorsque nous entendons raconter des actions de justice, d'humanité, de bienfaisance, notre cœur en est touché, attendri et pénétré de la volupté la plus pure; que les exemples du crime, les trahisons, les empoisonnemens, les assassinats excitent dans nous une indignation subite, une horreur involontaire qui précède toute réflexion.

5. Ce cri de la conscience, ces remords dévorans qui font qu'un criminel, même tout-puissant et sur le trône, ne s'absout jamais de son crime; (c) furies

---

(a) M. Hutchinson.

(b) Burlamaqui, *Principes du Droit naturel*, II part. chap. 3. num. 1.

(c) *Nolite enim putare, quemadmodum in fabulis saepe nu-*

vengeresses qui déchirent le sein des coupables, qui y portent sans cesse l'épouvante et l'horreur, qui les tourmentent, non avec des flambeaux allumés, suivant la fiction des poëtes, mais en leur présentant, sans cesse comme un fantôme menaçant, l'image terrible de la justice qu'ils ont outragée et du devoir qu'ils ont violé : d'une autre part ce plaisir délicieux, cette satisfaction touchante que ressent un cœur vertueux dont toutes les actions sont approuvées par sa raison ; plaisir si pur, qu'il est lui-même une des plus douces récompenses de la vertu.

6. Enfin, le consentement unanime de tous les hommes qui, dans tous les siècles, dans tous les climats, malgré la diversité des gouvernemens, des éducations et des lois, malgré les variations infinies qui résultent des mœurs, des inclinations, des préjugés, des conditions même, s'accordent tous à convenir (*a*) que la sincérité, la justice, la reconnoissance sont des vertus ; que la perfidie, l'ingratitude, l'inhumanité sont des vices, et méritent l'horreur et l'exécration des hommes.

---

mero videtis, eos qui aliquid impiè sceleratèque commiserint, agitari et perterreri furiarum taedis ardentibus. Sua quemque fraus, et suus terror maximè vexat : suum quemque scelus agitat, amentiâque afficit : suae malae cogitationes, conscientiaeque animi terrent. Hae sunt impiis assiduae, domesticae que furiae Cic. pro Rosc. Amer. chap. 24.

(*a*) *Quæ natio non comitatem, non benignitatem, non gratum animum et beneficii memorem diligit ? Quæ superbos, quæ maleficos, quae crudeles, quae ingratos non aspernatur, non odit ?* Cicero, de Legibus, lib. 1, cap. 11

Telle est l'esquisse du grand tableau que M. de V** auroit pu nous tracer ; telles sont les preuves de la loi naturelle, preuves admirables que Cicéron a traitées avec tant d'éloquence, Fénélon avec tant de grâce, Grotius et Pufendorf avec tant de subtilité et d'érudition, Burlamaqui avec tant de clarté, de méthode et de profondeur. Avec quel plaisir on auroit vu ces mêmes preuves revêtues des charmes d'une poësie, et embellies par ce coloris brillant que notre poëte a coutume de répandre sur tous ses ouvrages?

SECONDE PARTIE.

J'entends avec Hobbes, Spinosa qui murmure.
Ces remords, me dit-il, ces cris de la nature
Ne sont que l'habitude et les illusions
Qu'un besoin naturel inspire aux nations.

1°. *Ces remords ne sont que l'habitude* : Cette phrase ne me paroît pas exacte ; il faudroit, *ne sont que l'effet de l'habitude.* 2°. *Les remords sont des illusions qu'un besoin naturel inspire aux hommes.* Une personne qui n'auroit jamais entendu parler du système de Hobbes, pourroit-elle comprendre ce dernier vers? L'idee qu'il renferme est très-obscure, parce qu'elle n'est point assez développée.

L'auteur, dans cette partie de son poëme, entreprend de réfuter les objections qu'une raison indocile a coutume de former contre l'existence de la loi naturelle. Il commence par le sentiment de Hobbes. Mais d'abord, comment expose-t-il ce sentiment? Deux vers obscurs et embarrassés peuvent-ils suffire pour donner l'idée d'un système raisonné, abstrait dans ses principes, immense dans ses détails, affreux dans ses conséquences?

Hobbes prétend 1°. que dans la nature des choses il n'y a point de différence entre le juste et l'injuste; 2°. (*a*) que l'homme considéré dans l'état naturel, et antécédemment à ses conventions faites avec les autres hommes, n'est obligé, ni à leur vouloir du bien, ni à aucun autre devoir envers eux. 3°. (*b*) Qu'il n'appartient qu'à ceux qui gouvernent de décider si une chose est juste ou injuste, et que la différence du vice et de la vertu dépend absolument de leur autorité et des lois positives.

Tout cet édifice monstrueux est appuyé sur ce principe qui lui sert de base (*c*): que le pouvoir irrésistible de Dieu est l'unique fondement de sa domination et la seule mesure de ses droits sur les créatures. De ce principe également faux et absurde, Hobbes et Spinosa tirent cette affreuse conséquence (*d*), que tous les autres

---

(*a*) *In statu merè naturali, sivè antequàm homines ullis pactis, sese invicem obstrinxissent, unicuique licebat facere quæcumque licebat.* Hobb. de Cive. Cap. 1. Sect. 10.

(*b*) *Regulas boni et mali, justi et injusti, honesti et inhonesti esse Leges Civiles: ideoque quod Legislator praeceperit, id pro bono; quod vetuerit pro malo habendum esse.* Hobb. de Cive, Cap. 12, Sect. 1.

(*c*) *Regni divini Naturalis Jus derivatur ab eo quae divinæ Potentiæ resistere imposibile est.* Hobb. Leviath. Cap. 31.

In regno naturali, regnandi et puniendi eos qui Leges suas violant, jus Deo est à sola potentia irresistibili. Hobb. de Cive, Cap. 15.

(*d*) *Nam quoniam jus Dei nihil aliud est quàm ipsa Dei po-*

êtres n'ont précisément qu'autant de droit qu'ils ont naturellement de pouvoir; ou, ce qui est la même chose, qu'ils ont naturellement le droit de faire tout ce qu'ils ont le pouvoir de faire.

Pour être plus en état de porter un jugement assuré sur la manière dont M. de V** réfute ce système ténébreux, examinons d'abord ce que nous pourrions nous-mêmes y répondre: nous pèserons ensuite la force ou la foiblesse des raisonnemens qu'emploie le poëte philosophe.

1°. Le grand principe de Hobbes est un principe absurde. En effet, si le pouvoir irrésistible de Dieu étoit l'unique source et la seule mesure de ses droits sur les créatures, il s'en suivroit de ce principe, que si l'on suppose un être mal-faisant, injuste et barbare, revêtu d'une autorité souveraine, et n'usant de son pouvoir qu'en tyran, sa domination seroit aussi légitime que celle du Dieu infiniment bon qui nous gouverne avec tant d'amour et de clémence.

2°. Il y a des différences naturelles et nécessaires dans les actions humaines; en effet, comme Clarke (*a*), il est aussi incontestable que dans les choses il y a des différences, c'est-à-dire, une diversité de rapports et de proportions, qu'il est clair et inconstestable qu'une grandeur est plus grande ou plus petite qu'une autre. C'est encore une vérité constante, qu'il y a une diversité de rapports entre les personnes, c'est-à-dire, entre un homme et son

---

tentia, hinc sequitur unamquamque rem Naturalem tantùm Juris ex naturâ habere quantùm potentiæ habet. Spinosa de Monarchiâ, Cap. 2.

(*a*) Clarke, *Preuves de la religion naturelle et révélée.* Cap. 3. Art. 1.

semblable ; entre le créateur et l'Etre suprême qui l'a créé. Or, de ces différens rapports entre les choses et les personnes, il doit résulter une convenance de certaines actions plutôt que d'autres, dans certaines circonstances, et à l'égard de certaines personnes ; et cette convenance est fondée sur la nature des choses et sur la qualité des personnes, antécédemment à aucune loi positive. Par exemple, ajoute Clarke (*a*), il est aussi évident que Dieu est infiniment supérieur à l'homme, qu'il est évident que l'infini est plus grand qu'un point. Il est donc plus convenable que les hommes honorent Dieu, le servent et lui obéissent, qu'il n'est convenable qu'ils l'outragent, lui désobéissent et le blasphêment. On peut appliquer ces mêmes principes au commerce que les hommes ont les uns avec les autres.

3°. L'état de nature supposé par Hobbes, état de meurtre, de haine et de rapine, est un état ridicule et chimérique : il est fondé sur ce principe (*b*), que tous les hommes, étant égaux par la nature ont un droit égal à tout ce qui est sur la terre. D'où Hobbes conclut (*c*) que

(*a*) Clarke, *ibid.*

(*b*) *Ab aequâ mole naturae oritur unicuique, ea quae cupit acquirendi spes.* Hobb. Leviath. Cap. 13.

Natura dedit unicuique jus in omnia. Hoc est in statu merè naturali...... unicuique licebat uti et frui omnibus quae volebat et poterat. Hobb. de Cive. Cap. 1. Sect. 10.

(*c*) *In tanto et mutuo hominum metu, securitatis viam meliorem habet nemo anticipatione : nempè ut unusquisque vi et dolo caeteros omnes tamdiù subjicere sibi conetur, quamdiù alios esse à quibus sibi cavendum esse viderit.* Hobb. Leviath. Cap. 13.

dans

dans cet état de nature, chaque homme a le droit de s'emparer du monde entier; et que, pour parvenir à ce pouvoir suprême, tous les moyens sont légitimes, violences, brigandages, empoisonnemens, assassinats. Mais 1°. ce système est contradictoire dans les termes. En effet, dire que tous les hommes ont un même droit absolu aux mêmes choses individuelles, n'est-ce pas dire que deux droits peuvent être en contradiction l'un avec l'autre, ou qu'une seule et même chose peut être juste et injuste en même-temps? 2°. Quelle idée affreuse se formeroit-on de la Divinité sur cet horrible système? Le genre humain, au sortir des mains du Créateur, n'auroit donc été qu'un assemblage monstrueux d'insensés, de barbares, de fourbes, de dénaturés qui n'avoient d'autre loi que la force, d'autre règle que leurs désirs, d'autre sentiment que la haine: monstres nés pour le brigandage, sans frein dans leurs passions, indépendans dans leur férocité, placés sur la terre par Dieu-même, pour usurper, pour égorger, jusqu'à ce que leur tour fût venu d'être dépouillés et égorgés eux-mêmes par un brigand plus fort ou plus heureux.

Cet état de nature, supposé par Hobbes, n'a donc jamais pu exister. Il ne présente à l'esprit égaré, qu'un système chimérique, absurde dans ses principes, contradictoire dans ses termes, entièrement opposé à la souveraine bonté de l'Etre suprême qui gouverne le genre humain.

4°. Si les hommes, fatigués de l'affreuse licence qui régnoit dans l'état de nature, ont été obligés de plier leur féroce indépendance à des conventions mutuelles, et de s'assujettir à un certain nombre de lois qui réglassent l'état de la société; ils ne l'ont fait que parce qu'ils ont regardé cet état de paix, de sécours mutuels, de soumission aux lois, comme préférable à l'état de guerre, d'usurpation, de meurtre et d'indépendance dans lequel ils étoient auparavant. C'est donc l'intérêt commun du genre humain qui a créé et dicté les lois. (*a*) Il y a donc une raison de bien public qui est antérieure aux lois, et sur laquelle les lois sont fondées. Les lois elles-même, supposent donc qu'il y a des choses qui de leur nature sont bonnes ou mauvaises. En effet, sans cela pourquoi les premières lois, nées des conventions des hommes dans le système d'Hobbes, auroient-elles défendu le meurtre et l'usurpation, plutôt que de les ordonner?

5°. (*b*) Si les règles du juste et de l'injuste tirent toute

---

(*a*) *Jam vero commune bonum, quo nititur uno*
Hobbesius, ridenda viri commenta refellit:
Et sua eum discors ludit sententia: quippe
Si leges commune bonum genuisse putatur
Ergo aliquid, nondùm prognatâ lege, fatendum est
Esse boni: sua sunt igitur discrimina rebus.

Anti-Lucret. *Lib.* 1.

(*b*) . . . . *Si nulla bonique malique*
Stet natura priùs legum quàm edicta ferantur
Jus nil juris habet: sed leges cæca libido
Condidit, et fluxo posuit fundamine; vano
Juri servire, injusto est servire tyranno.
Nam cùm ex arbitrio jus pendeat omne, juberi
Id pariter potuit, positâ quod lege vetatur:
Quodque jubetur, idem potuit quoque lege vetari.

Anti-Lucret. *Ibid.*

leur force et leur puissance d'un contrat positif; si dans la nature des choses il n'y a ni bien, ni mal moral, la justice n'est donc qu'une usurpation sur la liberté des hommes, et les lois une servitude insensée. En effet, sur quoi peut être appuyée l'obligation d'obéir à ces lois ? (*a*) Quoi, dans l'état de nature, avant d'avoir fait une convention avec mes semblables, il m'étoit permis d'enfoncer un poignard dans le cœur d'un homme innocent, et dès que je me suis lié par une convention, ce meurtre deviendra une injustice ? Trahir sa promesse, est-ce donc une chose plus criminelle que d'assassiner un homme ? S'il y a une raison primitive qui me défende de manquer à ma parole, cette même raison doit me défendre le meurtre et tous les autres crimes. S'il est un état de nature où le meurtre puisse être permis, il doit être également permis de violer ses conventions.

6°. Le système de Hobbes se contredit de la manière la plus absurde. En effet, il est obligé de convenir qu'il y a certains principes de la loi naturelle, qui sont obligatoires par eux-mêmes, indépendamment de toute

---

(*a*) *Quin etiam, quo vecordem malè protrahit error*
Hobbesium! Solis si justa injustaque dicat
Legibus enasci, sequitur minùs esse nefandum,
Insontis lethale viri in præcordia ferrum
Ultro demersisse, fidem quàm solvere pactam:
Cùm tunc demùm, hominem crudeli perdere dextrâ
Cæperit esse nefas, ubi pacto fœdere sese
Libera gens voluit prohibenti subdere legi.

Anti-Lucret. *Ibid.*

convention humaine. Ces principes sont; 1°. (*a*) qu'il faut aimer, craindre et honorer Dieu; 2°. (*b*) qu'il n'est pas permis de tuer son père, sa mère, ni ceux qui sont revêtus de l'autorité souveraine; 3°. (*c*) que dans l'état de nature, les hommes sont obligés de chercher la paix, et de faire entr'eux des conventions pour servir de frein à la licence. 4°. (*d*) Qu'il faut observer fidèlement ses conventions; 5°. qu'on est obligé d'obéir aux magistrats. Si ces principes n'obligent par eux-mêmes antérieurement à aucune loi positive, il y a donc une différence naturelle et nécessaire dans la nature des choses. Il y a donc un bien et un mal moral indépendant des conventions. S'il y a une loi naturelle qui oblige les hommes à chercher la paix et à faire cesser les désordres qui régnoient dans l'état de nature, la paix est donc un bien utile au genre humain? Les hommes étoient donc obligés par cette même loi naturelle à maintenir la paix parmi eux, et à ne point entrer dans cet état de guerre supposé par Hobbes. Celui qui le premier a rompu l'harmonie de la tranquillité publique a donc commis une

---

(*a*) *Neque enim an honorificè de Deo sentiendum sit, an sit amandus, timendus, colendus, dubitari potest.* Hobb. de Hom. cap. 14.

(*b*) *Si is qui summum habet imperium; se ipsum (Imperantem dico) interficere alicui imperet, non tenetur; neque parentem, etc.* Hobb. de Cive. cap. 6. sect. 13.

(*c*) *Prima et fundamentalis lex naturae est, quaerendam esse pacem ubi haberi potest.* Hobb. de Cive, cap. 2. sect. 2.

(*d*) *Lex naturalis est pactis standum esse, sive fidem observandam esse.* Hobb. de Cive, cap. 3. sect. 1.

injustice. Et cependant, Hobbes soutient que le premier agresseur ne se rendit coupable d'aucun crime.

7°. Enfin, (*a*) si la différence du vice et de la vertu, dépend absolument de l'autorité de ceux qui gouvernent; si leur volonté souveraine est la seule règle qui détermine ce qui est juste ou injuste, le crime, dès qu'il seroit autorisé par une loi, deviendroit donc une vertu? La vertu, dès qu'elle seroit défendue, deviendroit crime? (*b*) Si donc il y avoit sur la terre un législateur qui ordonnât les perfidies, les meurtres, les incestes, les parricides; le peuple qui auroit de telles lois seroit obligé de leur obéir? Plus un homme seroit ingrat, dénaturé, barbare, incestueux, et plus il seroit vertueux? Etre fidèle à sa parole, aimer ses bienfaiteurs, secourir les malheureux, respecter la pudeur, épargner le sang des hommes, ce seroit des crimes? Et l'on compteroit le nombre des vertus par celui des assassinats, des usurpations et des rapines. Qu'il s'élève sur la terre un tel législateur: que lui-même, pour donner à ses peuples l'exemple d'obéir à ses lois, égorge un innocent; que

---

(*a*) *Jam vero illud stultissimum, existimare omnia justa esse, quae scita sint in populorum institutis, aut legibus. Etiamne si quae leges sint tyrannorum.* Cicer. de Leg. lib. 1. cap. 15.

(*b*) *Quod si populorum jussis, si principum decretis, si sententiis judicium, jura constituerentur: jus esset latrocinari, jus adulterare, jus testamenta falsa supponere, si haec suffragiis aut scitis multitudinis probarentur. Quae si tanta potestas est stultorum jussis atque sententiis, ut eorum suffragiis, rerum natura vertatur: cur non sanciunt ut, quae mala perniciosaque sunt, habeantur pro bonis ac salutaribus? Aut cur, cum jus ex injuriâ lex facere possit, bonum eadem facere non possit ex malo.* Cicer. ibid. cap. 16.

tout couvert du sang de ce malheureux, levant en l'air son poignard ensanglanté, il crie à ses semblables : « O » hommes, imitez-moi : ce meurtre que je viens de » commettre, est une action de vertu ». Tous ces hommes épouvantés détourneront les yeux de ce spectacle cruel. Un instinct involontaire leur inspirera de l'exécration pour ce législateur féroce. Ils fuiront loin de son funeste tribunal, en poussant des cris d'horreur; et lui-même, restant seul et abandonné auprès de ce cadavre palpitant, entendra dans son cœur une voix terrible qui lui reprochera ce meurtre. Le sang qu'il a versé s'élèvera contre lui; et les cris de ce sang démentiront sa loi barbare. Une barrière éternelle sépare le vice de la vertu. Jamais l'audace effrénée des hommes, jamais le choc impétueux des plus violentes passions ne pourra forcer cette barrière et confondre les deux empires. La vertu sera toujours estimée des hommes, malgré les hommes même; sa beauté est inaltérable, son empire éternel.

Telles sont les principales raisons que l'on pourroit employer pour réfuter le système de Hobbes. Qu'un autre, plus philosophe ou plus orateur que moi, prenne le soin de les développer ou de les embellir, il me suffit pour mon projet de les avoir indiquées.

Le génie rapide et bouillant de notre poëte ne s'est point appesanti sur ce grand sujet. Ce système profond et dangereux que plusieurs illustres philosophes ont combattu dans des volumes entiers; ce système, contre lequel Clarke, Vollaston, Burlamaqui, Pufendorf et Cumberland ont employé laborieusement la vieille et pénible méthode de raisonner : aujourd'hui M. de V** le réfute en huit vers. Nouveau Bellérophon, du haut des airs, il fond sur cette chimère, et dans un instant le monstre est terrassé. Voici les traits victorieux dont ce grand homme perce le philosophe anglois.

Raisonneur malheureux, ennemi de toi-même,
D'où nous vient ce besoin? Pourquoi l'Être suprême
Mit-il dans notre cœur à l'intérêt porté,
Un instinct qui nous lie à la société?
Les lois que nous faisons, fragiles, inconstantes,
Ouvrage d'un moment, sont par tout différentes.
. . . .
. . . .
Aux lois de vos voisins, votre code est contraire:
Qu'on soit juste, il suffit; le reste est arbitraire.

Je remarque 1°. Que le poëte ne répond point exactemént à l'objection qu'il s'est proposée. Voici cette objection: « Les remords sont l'effet de l'habitude, et une » suite des conventions que les hommes ont faites en» tr'eux, par le besoin de vivre ensemble ». Voici la réponse: « Ce besoin vient de Dieu; pourquoi l'auroit-il » mis dans le cœur des hommes»? Il est vrai qu'il y a un certain rapport entre la réponse et l'objection; mais ce rapport est très-éloigné. C'est une chaîne dont plusieurs anneaux sont rompus.

2°. Le dernier raisonnement que l'auteur emploie, me paroît tronqué. Le voici: « Les lois des hommes » sont fragiles, et différentes dans tous les lieux du » monde ». L'auteur s'arrête-là; il falloit aller plus loin, et prouver que les principes de justice sont les mêmes par toute la terre et dans tous les siècles; qu'ainsi ces principes doivent être fondés sur une raison primitive et invariable, et non point sur des conventions arbitraires de la part des hommes. Mais l'imagination rapide de M. de V * * ne s'assujettit point à la marche lente et mesurée des foibles mortels. Semblable aux dieux d'Homère, elle franchit d'un saut des espaces immenses.

3°. *A l'intérêt porté* me paroît un hémistiche de remplissage.

4°. *Un instinct lie les hommes à la societé;* cette expression est-elle naturelle ?

5°. *Les lois que nous faisons sont par tout différentes.* Est-ce donc là le langage d'un poëte? Ces deux hémistiches me paroissent foibles et prosaïques.

Là, le pêre, à son gré, choisit son successeur;
Ici, l'heureux aîné de tout est possesseur.

Ces deux vers, et sur-tout le dernier, me paroissent avoir une trop forte teinture de prose.

Mais tandis qu'on admire et ce juste et ce beau,
Londre immole son roi par la main d'un bourreau;
Du pape Borgia le bâtard sanguinaire,
Dans les bras de sa sœur assassine son frère;
Là, le froid Hollandois devient impétueux;
Il déchire en morceaux deux frères vertueux;
Plus loin, la Brainvilliers, dévote avec tendresse,
Empoisonne son père, en courant à confesse;
Sous le fer du méchant le juste est abattu.

Ces vers sont admirables. Dans ce tableau terrible je retrouve la hardiesse du pinceau de le Brun et le coloris de Rubens. Les images, présentées fortement, offrent aux yeux une scène d'horreurs, qui nous plaît en nous faisant frémir : mais, parmi la foule des crimes qui ont innondé la terre, pourquoi choisir, par préférence, ceux d'Alexandre VI et de son fils? Je remarque avec peine dans

dans la plupart de nos écrivains d'aujourd'hui, une vaine et malheureuse affectation de nous rappeler sans cesse les crimes de quelques souverains pontifes. Je ne prétends point ici les justifier; plus leurs devoirs étoient saints, plus leurs crimes sont grands : plaignons-les de ce qu'ils n'ont pas été vertueux; mais on devoit tirer un éternel voile sur des horreurs qui ne peuvent qu'affliger la religion. C'est un respect que l'on doit à la dignité sacrée dont ils ont été revêtus; à la religion sainte dont ils étoient les chefs; à la vertu de tant d'augustes pontifes, qui ont occupé le même trône et porté le même encensoir.

Quand du vent du midi les funestes haleines,
De semences de morts ont inondé nos plaines.

Le premier de ces vers paroît imité de Rousseau. Ce grand poëte a dit dans une de ses plus belles odes :

Et des vents du midi la dévorante haleine.

Inonder de semences. Ces expressions ne sont point assorties ensemble. *Inonder*, présente l'image d'un torrent qui couvre une plaine. *Semences*, offrent une image toute opposée.

Enfin peut-on dire, *les haleines des vents inondent les plaines de semences ?* Je sais qu'il ne faut point, en pesant géomètre, mesurer avec le compas les beautés poëtiques. Je sais qu'un grand génie se permet de nobles hardiesses; mais la hardiesse des idées ne doit jamais exclure la justesse des images.

De nos désirs fougueux la tempête fatale,
Laisse au fond de nos cœurs la règle et la morale:
C'est une source pure; en vain dans ses caveaux,
Les vents contagieux en ont troublé les eaux :

En vain sur la surface, une fange étrangère
Apporte, en bouillonnant, un limon qui l'altère;
L'homme le plus injuste et le moins policé
S'y contemple aisément, quand l'orage est passé.

Voilà des vers d'une grande beauté. On y reconnoît l'auteur de *la Henriade*, et de tant d'autres ouvrages célèbres. Comparaison ingénieuse, vers harmonieux, poësie brillante, justesse des images, tout y est réuni; mais les Grâces et Vénus elle-même, étoient-elles sans défaut?

Les vents contagieux: cette épithète ne me paroît pas convenir aux vents, dans cette circonstance. Il ne s'agit point ici des ravages d'une peste; cette épithète seroit alors très-bien placée, comme dans ces vers admirables du même auteur.

Esprits *contagieux*, tyrans de cet empire,
Qui soufflez dans ces lieux la mort qu'on y respire.

OEdipe, Acte 1, *sc.* 2.

Il s'agit ici de peindre un orage et l'agitation des eaux d'une source troublée par les vents. Peut-être l'épithète de *tumultueux* auroit eu autant d'harmonie et plus de justesse.

Un limon qui l'altère: peut-on dire *altérer une source*, pour signifier *troubler* une source? Je crois qu'il auroit fallu dire *qui altère sa pureté*.

Le cinquième et le sixième vers paroissent avoir quelque rapport d'imitation avec d'autres vers du même auteur, les voici:

Ainsi lorsque les vents, fougueux tyrans des eaux,
De la Seine ou du Rhône ont soulevé les flots,
Le limon croupissant dans leurs grottes profondes,
S'élève en bouillonnant sur la face des ondes.

Henriade, Chant 4.

L'idée de cette source pure, mais dans laquelle on ne peut se contempler pendant l'orage, est très-ingénieuse, mais elle n'est point neuve. Le poëte la répète ici d'après lui-même. Daus la comédie de l'*Enfant prodigue*, il fait dire à un de ses personnages :

Comment chercher la triste vérité
Au fond d'un cœur, hélas ! trop agité ;
Il faut au moins, pour se mirer dans l'onde ;
Laisser calmer la tempête qui gronde ;
Et que l'orage et les vents en repos
Ne rident plus la surface des eaux.

Enfant prodigue, Acte 2. sc. 1.

Un auteur ingénieux, écrivain élégant et solide, qui peint la vertu avec tous ses charmes, qui répand sur le vice une causticité salutaire, mais dont l'ouvrage a mérité d'être flétri, parce qu'il n'a point su y respecter la religion, présente à-peu-près les mêmes idees, quoique sous des images un peu différentes. Comme le morceau est admirable, je vais le rapporter.

« Il y a, dit-il, dans le cœur de l'homme, deux ré-
» gions distinctes. L'une est une île un peu plus qu'à
» fleur d'eau ; l'autre est l'eau même qui baigne l'île.
» La première a une surface plane, dure et blanche,
» comme seroit une table du plus beau marbre de Paros ;
» c'est sur cette surface que sont gravés les saints pré-
» ceptes de la loi naturelle. Près de ces caractères, est
» un enfant dans une attitude respectueuse, les yeux
» fixés sur l'inscription qu'il lit et relit à haute voix ;
» c'est le génie de l'île ; on l'appelle *l'amour de la vertu*
» Pour l'eau dont l'île est environnée, elle est en effet.
» sujette à de fréquens flux et reflux ; le plus doux zéphir

» suffit pour l'agiter. Elle se trouble, mugit et se gonfle; » alors elle surmonte l'inscription. On ne voit plus les » caractères; on n'entend plus lire le génie : mais du sein » de l'orage, renaît bientôt le calme; la surface de l'île » sort du gouffre, plus blanche que jamais, et le génie re- » prend son emploi ».

Pilote qui s'oppose aux vents toujours contraires
De tant de passions qui nous sont nécessaires.

Ces deux vers ont beaucoup de conformité avec ces vers de M. du Resnel, dans sa belle traduction de l'*Essai sur l'homme.*

La vie est une mer où sans cesse agités
Par de rapides flots nous sommes emportés.
Mais de nos passions les mouvemens contraires
Sur ce vaste océan sont des vents nécessaires.

Essai sur l'homme, traduit par M. du Resnel.
Épître II. vers 133.

On nous crie sans cesse que les *passions* sont un bienfait de Dieu : que ce sont des ressorts nécessaires pour imprimer le mouvement à la machine; que ce sont des vents qui enflent les voiles du vaisseau; qu'elles le submergent quelquefois, mais que sans elles il ne pourroit voguer. Tel est aujourd'hui le système à la mode : né sur les bords de la Tamise, revêtu par l'Homère anglois de tous les charmes de la poësie, transplanté parmi nous par M. du Resnel, adopté et embelli par M. de V* *, ce sentiment est devenu celui de tous nos modernes philosophes, fiers partisans de la raison, et sur tout de la raison angloise. Si, par le terme de *passions*, nous entendons simplement les désirs, les sentimens, les inclinations du cœur humain, sans doute, dans ce sens, les *passions* sont utiles et nécessaires. Notre cœur n'est composé que de désirs et de sentimens. C'est un feu dévorant qui a toujours besoin de quelque nourriture. Tous ces désirs, l'aliment éternel de notre ame, prennent leur source dans l'amour du bien-être, sentiment nécessaire et indifférent par lui-même, et qui ne devient vertueux ou criminel que par son objet. Mais si, par le mot de *passion*, on entend ces mouvemens rapides et violens qui emportent l'ame hors de sa sphère, ces tyrans impérieux qui subjuguent notre raison, ces vautours cruels qui habitent dans notre cœur, qui en font un théâtre éternel de dissentions et de guerre, toujours abattus et toujours renaissans, se combattans eux-mêmes avec fureur, dans le temps qu'ils nous déchirent; peut-on dire que les *passions* sont nécessaires à l'homme? Ainsi donc, le poison de la haine, la rouille de l'envie, les fureurs de l'amour, la honte de l'avarice, le fanatisme de l'ambition, tous ces monstres, enfans et bourreaux du cœur humain, seroient pour nous des bienfaits de la divinité? Quels horribles bienfaits! et périsse à jamais l'affreuse philosophie qui veut me faire regarder comme utile et même comme nécessaire à mon être, ce qui seul m'empêche d'être vertueux, et ce qui, dans tous les siècles, a fait de grands criminels. Cependant c'est dans ce dernier sens que le terme de *passions* est pris par la plupart de nos philosophes, lorsqu'ils soutiennent que les *passions* sont *nécessaires*. C'est une branche du grand systême que *tout est bien*, système où l'on soutient qu'il n'y a point de désordre moral; qu'ainsi les passions elles-mêmes, prises dans le sens ordinaire, sont un bien. Rentrons dans le cercle que la révélation a tracé autour de notre imbécille raison; nous y retrouverons la véritable origine des passions qui déchirent l'homme : et l'illusion de ces chimères philosophiques, s'évanouira au flambeau de la vérité.

Il n'a rien dans l'esprit; il n'a rien dans le cœur;
Il respecte le nom de *devoir*, de *justice*;
Il agit en machine; et c'est par sa nourrice,
Qu'il est juif ou payen, fidelle ou musulman,
Vêtu d'un juste-au-corps ou bien d'un doliman.

Tout ce morceau n'est qu'une prose foible et languissante. Les deux premiers vers et le premier hémistiche du troisième forment une monotonie désagréable.

Il est Juif ou Payen par sa nourrice : cette phrase ne me paroît point exacte.

Le dernier vers *vêtu d'un juste-au-corps*, etc., est d'un style bas et familier.

L'auteur a déjà exprimé les mêmes idées dans des vers aussi négligés, mais peut-être plus heureux. Il a fait dire à Zaïre.

Je le vois trop; les soins qu'on prend de notre enfance
Forment nos sentimens, nos mœurs, notre créance;
J'eusse été, près du Gange, esclave des faux dieux,
Chrétienne dans Paris, musulmane en ces lieux.
L'instruction fait tout; et la main de nos pères
Grave en nos foibles cœurs ces premiers caractères
Que l'exemple, le temps nous viennent retracer,
Et que peut-être en nous Dieu seul peut effacer.

Zaïre, Acte 1, scène 1.

Notre auteur a si souvent fait gémir la presse sous la multitude de ses ouvrages, qu'il n'est point étonnant que dans les derniers il se répète lui-même. L'imagination est un champ qui s'épuise à force de produire.

Oui de l'exemple en nous, je sais quel est l'empire
Qu'il est des sentimens que la nature inspire.

Suivant la construction grammaticale de cette phrase, on s'imagineroit que la pensée du second vers est une suite de la pensée du premier; cependant le sens de ces deux vers est tout-à-fait opposé; il auroit fallu mettre: *Mais je sais qu'il est aussi des sentimens que la nature nous inspire.*

Le langage a sa mode et ses opinions;
Tous les dehors de l'ame et ses préventions;
Du cachet des mortels impressions légères,
Dans nos foibles esprits sont gravés par nos pères.
Mais les premiers ressorts sont faits d'une autre main:
Leur pouvoir est constant, leur principe divin.

Le langage a ses opinions: que peut signifier cette phrase? Ce premier vers ne présente à l'esprit aucune idée qui soit nette. On pourroit même demander dans quel sens il faut entendre ici le terme de *langage.* Je soupçonne que le poëte a voulu dire: *Il y a chez tous les peuples des préjugés qui sont de mode, auxquels on s'assujettit dans le commerce extérieur de la société.*

Les dehors de l'ame: expression énigmatique, dont la fausseté déshonore un philosophe, et dont l'obscurité ne convient pas à un poëte.

Tous les dehors de l'ame sont gravés dans nos esprits par la main de nos pères. Quel langage! peut-on pousser plus loin le défaut de justesse? Voilà de ces mots, comme dit Rousseau,

. . . . Qui, par force et sans choix enrolés,
Heurlent d'effroi de se voir accouplés.

Les préventions, impressions légères du cachet des mortels:

sont gravées par nos pères. L'idée d'un cachet qui imprime, est-elle assortie avec celle d'un burin qui grave? Ces deux métaphores très-différentes entr'elles, ne doivent pas être réunies ensemble, pour exprimer un même effet.

Mais les premiers ressorts sont faits d'une autre main: Voici une troisième idée aussi étrangère aux deux premières, que celles-là le sont entr'elles. Ainsi, dans une même phrase, les préjugés d'éducation sont d'abord présentés comme l'empreinte d'un cachet; au milieu de la phrase, comme des caractères gravés; et à la fin, comme des ressorts subalternes ajoutés à une machine.

Mais quel est le raisonnement contenu dans ces vers? Perçons l'écorce brillante de ces métaphores entassées, et pénétrons jusqu'à leur véritable sens. L'auteur se propose de réfuter une objection contre la loi naturelle. Voici l'objection: » Les idées de devoir et de justice ne sont » que des préjugés de l'éducation ». Voici la réponse: « Il est vrai qu'il y a des préjugés d'éducation; mais » les idées du bien et du mal ne doivent pas être mises » au nombre de ces préjugés ». La question reste toujours entière, et l'objection n'est pas réfutée. Trois métaphores ne valent pas une raison.

Il faut que l'enfant croisse afin qu'il les exerce. *Exercer des ressorts* ne me paroît pas françois.

> L'homme (on nous l'a tant dit) est une énigme obscure,
> Il l'est peut-être moins que toute la nature.

Quoique nous soyons dans un siècle où rien n'est impénétrable à la raison, où les mystères sont approfondis, où les voiles qui couvroient la nature sont levés, je crois cependant que la nature de l'homme sera toujours l'é-

cueil

cueil de la raison humaine. L'énigme ne disparoît qu'à des yeux éclairés par le flambeau de la révélation. Dans ces deux vers l'auteur a sans doute dessein de critiquer le grand Pascal. Cet homme célèbre a dit dans ses *Pensées* que la nature de l'homme étoit inconcevable sans la connoissance du péché originel. Mais comme le péché originel est un mystère révélé qui paroît choquer les idées communes de la raison humaine, tous nos modernes philosophes affectent de ne trouver aucune obscurité dans la nature de l'homme, pour être en droit de rejeter un mystère qu'ils ne peuvent comprendre. Ils prétendent même que le péché originel blesse deux attributs essentiels à la divinité, la bonté et la justice. Un être infiniment bon. nous disent-il, n'a pu permettre le péché originel; un être infiniment juste ne peut imputer le péché d'un seul homme à toute sa postérité. Arrêtons-nous un instant pour discuter les objections, et tâchons, s'il se peut, de venger la foi du chrétien contre la rason du déiste.

Je pourrois d'abord répondre : « Je ne suis point obligé » à entrer dans aucune discussion sur le péché originel ; » j'avoue que c'est un mystère de ma religion : si donc » je suis sûr que ma religion est révélée, je dois croire » tout ce qu'elle m'enseigne, quand même je ne pourrois ni l'expliquer, ni la comprendre, parce que j'ai un » motif de certitude aussi sûr que l'évidence, je veux » dire la révélation. Ainsi, pour m'attaquer, il faut » commencer par me prouver que ma religion n'est » point révélée ».

Mais comme on nous attaque avec les armes de la raison, combattons avec les mêmes armes. J'ai à prouver que Dieu, sans blesser les lois de sa bonté, a pu refuser au premier homme les secours surnaturels par lesquels il auroit infailliblement persévéré dans la justice.

1°. Dieu est infiniment bon, mais en même-temps il est souverainement libre. L'être souverainement libre a une liberté sans bornes pour accorder ou pour refuser ses grâces; il est aisé de prouver cette liberté de Dieu. 2°. L'Etre-suprême a créé le monde, mais il eût pu ne le pas créer; ainsi il auroit pu laisser tous les êtres ensevelis dans le néant : il étoit donc libre de ne faire du bien à personne. 3°. Une éternité immense a précédé le point où a commencé la création. Dieu, pendant une éternité, a donc usé de cette liberté qu'il avoit de ne faire du bien à aucun être? Lors même qu'il a créé le monde, il n'a tiré du néant qu'un certain nombre de créatures possibles. Il a laissé et il laissera dans un néant éternel une infinité d'autres créatures également possibles, auxquels il ne fera jamais aucun bien. 4°. Il auroit pu donner des biens plus grands, de plus grandes perfections aux créatures qu'il a produites; puisqu'il ne leur a point accordé tout ce qu'il pouvoit leur donner, il a donc une entière liberté d'accorder ou de refuser ce qu'il lui plaît. 5°. Quoique Dieu ne puisse rien faire qui soit contraire à sa sagesse, à sa puissance, à sa miséricorde, cependant il est libre d'exercer ou de ne pas exercer ces perfections. La miséricorde qui a tant de rapport avec la bonté, nous offre un exemple frappant, puisque Dieu a fait grâce aux hommes, tandis qu'il l'a refusée aux anges rébelles. Pourquoi Dieu ne seroit-il pas également libre d'exercer ou de ne pas exercer sa bonté? 6°. Quel droit l'être créé a-t-il aux bienfaits de son créateur?

Entre Dieu et l'homme est un abyme que rien ne peut mesurer. L'élévation de l'un est infinie comme la bassesse de l'autre. L'indignité de la créature est en proportion avec sa bassesse; son indignité est donc infinie; Dieu est donc souverainement libre de lui accorder ou de lui refuser ses faveurs? Celui qui auroit pu laisser tous les êtres dans le néant et ne leur faire jamais aucun bien, après avoir créé l'homme, après l'avoir comblé de tant de faveurs, a donc pu s'abstenir d'y ajouter encore un nouveau bienfait plus grand que les autres, et auquel il n'avoit pas plus de droit.

(*a*) Je tire ma seconde preuve des raisons que Dieu a pu avoir pour se déterminer dans sa conduite, et voici comme je raisonne. « En supposant qu'il y a eu d'assez » fortes raisons pour arrêter l'exercice de la bonté divine, » dès-lors on ne peut plus dire que Dieu, en agissant » ainsi, ait blessé les règles de sa bonté ». Cette proposition est facile a prouver. 1°. Si la bonté de l'Etre-suprême exigeoit de lui qu'il fît du bien à ses créatures, malgré les fortes raisons qui pourroient s'y opposer, Dieu pourroit donc agir contre la raison? c'est-à-dire, la raison increéée pourroit agir contre ses lumières? sa sagesse éternelle pourroit agir contre la sagesse? Or les lois de de la bonté peuvent-elles exiger que Dieu foule aux pieds les lois de la sagesse? 2°. Si Dieu, par l'ascendant impérieux de sa bonté, étoit entraîné à faire du bien aux hommes, quelques fortes que fussent les raisons contraires, Dieu ne seroit donc plus un être libre; la liberté seroit anéantie par la bonté; esclave d'une loi irrévocable,

(*a*) Jaquelot, *Examen de la Théologie de Bayle*, page 325.

il faudroit nécessairement que Dieu fît aux créatures intelligentes tout le bien possible : ce qui est absolument absurde.

Cette proposition une fois prouvée, je fais maintenant l'application de cette vérité par quatre propositions évidentes, et dont les trois dernières sont enchaînées les unes avec les autres. 1°. On ne peut dire que Dieu, par la permission du péché originel, ait violé les lois éternelles de sa bonté, qu'en supposant qu'il n'y a point eu de fortes raisons qui, dans ce moment, se soient opposées à l'exercice de la bonté divine. 2°. Il n'est pas impossible que Dieu ait eu de fortes raisons pour refuser au premier homme la grâce de la persévérance. 3°. S'il n'est pas certain que Dieu n'ait point eu de fortes raisons de permettre le péché, il n'est donc pas certain qu'en le permettant, il ait violé les lois éternelles de la bonté. La difficulté que l'on nous oppose ne roule donc que sur un argument probable; mais lorsqu'on attaque des vérités révélées, ce n'est point par de simples vraisemblances, c'est par de véritables démonstrations qu'il faut les combattre; car nous convenons nous-mêmes que nos mystères sont au-dessus de la raison, mais on ne pourra jamais nous prouver qu'ils soient contre la raison.

Un génie hardi mais dangereux, savant, mais sans profondeur, philosophe, mais sans méthode, paroissant savoir tout pour tout combattre, ne défendant la vérité que pour la trahir, né peut-être pour être un grand homme, mais par l'abus de ses talens devenu le fléau de sa religion, Bayle, dans ses écrits ingénieux, inégaux et brillans, a poussé cette objection contre la bonté de Dieu aussi loin qu'elle peut-être poussée.

Il appuie cette objection sur deux raisonnemens, les voici :

(a) 1°. La bonté de l'être infiniment parfait doit être infinie; or, elle ne seroit pas infinie, si l'on pouvoit concevoir une bonté plus grande que la sienne. Cependant si Dieu avoit permis le péché et ses suites, on pourroit concevoir une bonté plus grande que celle de Dieu; savoir, celle qui à toutes ses autres grâces ajouteroit celle de prévenir le péché et ses funestes suites.

2°. Un homme qui n'auroit eu qu'une bonté médiocre auroit accordé sans hésiter les secours que Dieu a refusés aux hommes, pourvu qu'il lui eût été aussi facile de les donner, que cela étoit facile à Dieu. Donc, si Dieu a permis le péché, il a moins de bonté que les hommes qui en ont si peu. Bayle prouve cela par des exemples et des comparaisons redoublées d'un père, d'une mère ou d'un ami.

Je remarque d'abord que ces deux raisons prouvent trop. En effet, si la première raison est solide, il s'ensuit que la bonté de Dieu exigeoit qu'il fît aux créatures intelligentes tout le bien qu'il pouvoit leur faire; car s'il ne leur a point fait tout le bien possible, on pourra toujours imaginer un bien plus grand que celui qu'il a fait, et par conséquent une bonté qui surpasse la sienne. De même la seconde raison prouveroit encore que Dieu étoit obligé de faire tout le bien possible, puisque Dieu pour faire du bien n'a qu'à le vouloir. Or, quel est le père, quel est le véritable ami, qui par un

---

(a *Réponse aux Questions d'un provincial*, Tom. 3, page 817 et suivantes.

seul acte de sa volonté, pouvant accorder à son fils ou à son ami dix fois plus de santé, de mérite et de bonheur qu'ils n'en possèdent, refusât ou négligeât de le faire ?

Maintenant je vais répondre en détail aux deux raisons de Bayle; et voici comment on peut réfuter la première.

1°. Quoique la bonté de Dieu ne fasse que des biens finis, elle ne laisse pas que d'être infinie; car, selon Bayle lui-même, (a) les créatures étant un être fini, les bienfaits qu'elles peuvent recevoir de Dieu sont finis nécessairement. Ainsi, s'il falloit juger de la bonté de Dieu par ses bienfaits, il faudroit conclure qu'elle est bornée, puisque les biens qu'elle fait sont tous limités.

2°. Il en est de la bonté de Dieu comme de sa puissance. Tous les ouvrages émanés de la puissance divine sont bornés; un cercle fatal termine, de tous les côtés, les perfections des êtres créés. Dieu peut élargir ce cercle; il peut en étendre les limites, mais ce cercle subsistera toujours. Cependant, quoique les ouvrages de Dieu soient bornés, sa puissance ne laisse pas d'être infinie. Et quand même, au lieu de ces globes innombrables suspendus sur nos têtes, au lieu de ce monde brillant, le palais et l'empire de l'homme, au lieu de ces êtres intelligens, presque égaux à Dieu par la pensée, Dieu n'eût créé qu'un seul atome, nageant et, pour ainsi dire, égaré dans l'immensité de l'espace; cet atome créé prouveroit encore une puissance infinie, parce qu'il n'y a qu'une puissance infinie qui puisse tirer du néant la plus petite chose. De même les bien-

(a) Bayle, *Réponse aux Questions d'un provincial*, ch. 157.

faits les plus bornés du créateur envers un être créé, marquent une bonté infinie; car, plus celui qui reçoit un bienfait est indigne de le recevoir, plus la bonté du bienfaiteur est grande. Si donc l'indignité du premier est infinie, il faut nécessairement que la bonté du bienfaiteur soit aussi infinie. Or, Dieu est infiniment élevé au-dessus de l'homme; l'indignité peut venir de la simple bassesse; l'indignité de l'homme est donc sans bornes. La bonté qui surmonte cet obstacle infinie est donc infinie elle-même.

Je viens maintenant à la seconde raison qu'on nous oppose. Cette raison suppose deux choses : 1°. que la bonté divine est du même ordre que la bonté humaine; et qu'ainsi on peut attribuer à la première tout ce qu'on remarque dans le seconde : 2°. que dans les mêmes circonstances, la bonté humaine auroit accordé les secours que la bonté divine a refusés. De ces deux suppositions, la première est fausse, la seconde est hasardée sans preuves; c'est ce qu'il est aisé de prouver.

En premier lieu, la bonté divine n'est point assujettie aux mêmes lois que la bonté humaine. Ces deux espèces de bonté ont des différences marquées qui les distinguent, en sorte qu'on ne doit point juger des devoirs de l'une par les devoirs de l'autres.

2°. Une des lois les plus inviolables de la bonté humaine est qu'on fasse du bien au plus grand nombre de personnes qu'il sera possible : ainsi, pouvant avec facilité délivrer de la mort cent malheureux, si je n'en délivre que la moitié, je pêche contre cette loi. La bonté de Dieu n'est point assujettie à cette règle; car il pouvoit donner l'être et le parfait bonheur à un plus grand nombre de créatures intelligentes. Il ne l'a point fait, sa bonté n'exigeoit donc pas qu'il le fît.

3°. C'est encore une loi de la bonté humaine, que faisant du bien à quelqu'un, on lui fasse le plus grand bien possible. Un père violeroit cette loi, si, pouvant avec la même facilité donner à son fils plus de santé, plus de vertu qu'il n'en a, il refusoit de le faire. La bonté de Dieu est encore indépendante de cette loi.

4°. Il est contraire à la bonté humaine de ne faire du bien à personne, surtout lorsqu'on peut en faire sans s'incommoder; mais la bonté divine a pu ne rien créer.

5°. La bonté de l'homme exige qu'il ne diffère point à demain le bien qu'il peut faire aujourd'hui aussi commodément. La bonté divine n'a point suivi cette règle, car elle pouvoit créer le monde cent mille ans plutôt.

6°. La bonté humaine doit pardonner les outrages. Si Dieu le fait, il pourroit ne le pas faire; et même il ne l'a point fait à l'égard des anges rebelles.

7°. La bonté humaine n'est jamais entièrement pure; c'est un métal où il entre toujours de l'alliage. La plupart des devoirs qui lui sont essentiels prennent en partie leur source dans la justice et dans la dépendance réciproque où nos besoins mutuels nous mettent les uns à l'égard des autres. Mais aucuns de ces mélanges n'altèrent la bonté de Dieu; elle est pure, parce qu'elle est entièrement gratuite.

8°. Nous pouvons n'être pas indignes des bienfaits des hommes, nous pouvons même les mériter. Mais les faveurs de la bonté divine sont d'un prix si relevé, qu'à qu'à leur regard notre indignité a toujours été et sera toujours infinie.

Il est donc prouvé que la bonté de Dieu et la bonté de l'homme ne suivent pas les mêmes règles. Ce sont deux espèces de vertu d'un caractère différent. Un philosophe qui veut raisonner juste ne peut donc tirer aucune conséquence de la bonté humaine à la bonté divine.

Mais, quand même on accorderoit que la bonté du créateur et celle de l'être créé suivent constamment les mêmes lois, il seroit impossible de prouver que, dans les mêmes circonstances, la bonté humaine auroit accordé les secours que la bonté divine a refusés.

1°. Il est certain que même la bonté humaine peut se dispenser quelquefois de faire du bien, pourvu qu'elle ait de solides raisons qui l'en empêchent : ainsi je pourrois, par un mensonge, sauver la vie à un innocent prêt à périr sur l'échafaud; cependant je lui refuse ce secours pour ne pas offenser l'Etre suprême qui me le défend. En supposant donc que la bonté de Dieu est la même que celle de l'homme, on pourra dire tout au plus que la bonté divine sera obligée de faire du bien lorsqu'elle n'aura point de solides raisons pour s'en dispenser. Or, on ne sauroit prouver que la sagesse éternelle n'ait point eu de bonnes raisons pour refuser au premier homme ces secours que l'orgueilleuse sagesse des philosophes semble exiger. J'ai développé plus haut ce raisonnement.

2°. La supposition de Bayle est ridicule, parce qu'il est impossible qu'un homme, c'est-à-dire, un être créé, un être foible et borné, se trouve précisément

11

dans les mêmes circonstances où l'Etre infini, l'Etre éternel s'est trouvé, lorsqu'il a formé ses décrets.

3°. En supposant que les circonstances pussent être exactement les mêmes, pour conclure sûrement que l'homme auroit tenu une conduite différente de celle de Dieu, il faudroit encore supposer à l'homme la nature de Dieu même; car pour juger de la conduite que l'homme auroit alors tenue, il faut le mettre à la place de Dieu même. Il faut donc accorder à l'homme tout ce qui a pu influer sur sa volonté divine, lorsqu'elle s'est déterminée à former son décret; et après avoir rendu toutes les choses égales, il s'agit alors de décider si l'homme auroit accordé les secours que Dieu a refusés. Mais il est évident que l'homme n'est point dans la même situation, à l'égard d'un autre homme, que Dieu l'étoit alors à l'égard de sa créature: car (*a*), entre un homme et un autre homme, il y a de la proportion, des rapports, des obligations qui résultent de leur nature et de leur égalité originelle; au lieu qu'entre Dieu et l'homme, il n'y a aucune proportion, l'éternel ne doit rien à l'homme. L'hypothèse de Bayle est donc absurde, puisque, pour la réaliser et pour en tirer une conclusion sûre, il faudroit égaler l'homme à Dieu; et alors il ne penseroit, il n'agiroit plus en homme, il penseroit et agiroit en Dieu.

4°. Enfin connoissons-nous toutes les circonstances où Dieu s'est alors trouvé? Connoissons-nous tous les motifs qui l'ont déterminé? Foibles mortels, avons-

(*a*) Jaquelot, *Examen de la théologie de Bayle*, pag. 325.

nous assisté au conseil de l'Etre suprême lorsqu'il a formé ce décret terrible et impénétrable? Nous vantons, avec un stupide orgueil, notre misérable bonté. Rivaux insensés de la Divinité, nous osons opposer ce vain phantôme de vertu à la bonté éternelle et infinie; et nous crions fièrement que dans les mêmes circonstances nous eussions agi autrement que Dieu, comme si notre œil pouvoit sonder cet abyme; comme si nous étions instruits de toutes les circonstances qui ont accompagné cé décret. Brisez, brisez les barrières qui, de tous côtés, bornent l'esprit humain; que l'Etre suprême, vous emportant d'un vol rapide au-delà des temps et des mondes, à travers le torrent des siècles, vous ramène en-arrière au vaste sein de l'éternité; qu'il vous arrête au point où sa sagesse forma les décrets immuables de sa volonté; là, qu'ouvrant à vos yeux le sanctuaire impénétrable de son intelligence infinie, il vous permette de contempler le tableau immense de tous ses desseins; les fins qu'il s'est proposées dans tous ses ouvrages; les plans innombrables de tous les mondes possibles; les raisons sublimes qui ont déterminé son choix; que par sa toute-puissance, il fasse en même-temps que votre esprit, dans le cercle étroit de son imagination, puisse concevoir et réunir tout le vaste plan de la Divinité: alors, prononcez j'y consens; décidez de ce que Dieu a dû faire, et de ce que vous auriez fait vous-mêmes; mais jusques-là sachez vous arrêter; et, puisque tant de choses vous sont inconnues, n'osez pas juger votre Dieu, ne réunissez point la témérité avec l'ignorance; l'insolence avec la bassesse.

On ne peut donc pas nous prouver que la permission du péché soit incompatible avec la bonté de Dieu. Les deux grandes objections de Bayle ont beaucoup plus d'éclat que de solidité. Ce sont des armes brillantes, mais fragiles. Voyons maintenant si les objections contre la justice divine sont plus réelles. On nous dit : « Un être infiniment juste ne peut imputer le » péché d'un seul homme à toute sa postérité ».

1°. J'ai déjà remarqué que le péché originel est un mystère : je ne prétends donc point l'expliquer. Je sais que tout ce qui est mystère est objet de ma foi, et non pas de ma raison. Je crois ce mystère, parce qu'il m'est révélé : si vous recevez la révélation, vous devez croire, avec moi, le péché originel; si vous ne la recevez pas, la question n'est plus que de savoir s'il y a une révélation, et si ce mystère est au nombre des choses révélées.

2°. Sans entrer dans le système qu'ont inventé les théologiens, pour expliquer la transmission du péché originel, sans percer toutes les routes obscures de ce labyrinthe tortueux, arrêtons-nous aux idées simples et naturelles qu'une sage raison peut nous offrir sur ce sujet. Pour juger de ce grand événement, il suffit d'en retracer l'histoire. Un être incréé, immense, éternel existoit avant tous les temps, avant les cieux, la terre, les anges et les hommes. Plein de lui-même, il habitoit dans son immensité, connu de lui seul, et se suffisant à lui-même, lorsqu'il résolut de créer un être à son image pour que cet être le connût, l'adorât et fût heureux. D'abord, sa parole toute-puissante rendant le néant fécond, il créa un monde brillant et magnifique, pour servir de palais à cet être nouveau ; ensuite il prit un peu d'argile qu'il pêtrit, et dont il forma un corps; il anima cette boue organisée, d'un souffle spirituel et immortel; cet être composé d'un corps et d'une ame, il l'appela un *homme*, et lui donna la terre pour son séjour. Alors ce monarque absolu et tout-puissant fit un traité avec son sujet, et il lui dit : « Ouvrage » de mes mains, écoutes la voix de ton maître; tu exis- » tes, mais il y a deux instans que tu n'étois pas, et tu » aurois pu éternellement ne pas être. Je t'ai créé; de » toi doit naître une innombrable postérité. Tu as envers » moi des devoirs à remplir. Si tu les observes, tu » jouiras d'une félicité et d'une innocence éternelle, et » ta postérité, sans avoir subi l'épreuve, partagera ta » récompense; mais si tu es rébelle à mes lois, de même » aussi tes descendans avec l'empreinte fatale de ton » crime, en porteront la punition ».

J'ose ici interroger les hommes. Que manque-t-il à ce traité pour qu'il soit juste? C'est un roi qui traite avec son sujet; un créateur avec l'être qu'il a créé. Dailleurs, il y a dans les deux partis du traité une compensation égale de dangers et d'avantages. D'un côté, si l'homme se rend criminel, sa postérité devient coupable et malheureuse; mais s'il persiste dans l'innocence, cette même postérité doit jouir d'un bonheur inaltérable. Le crime du premier homme coulera avec son sang dans les veines de ses descendans : mais s'il demeure fidelle, ses descendans recueilleront les fruits de sa fidélité. L'épreuve n'aura été que pour lui, la récompense leur sera commune. Ce traité est donc juste? Sa justice est prouvée par la qualité des personnes, c'est-à-dire, la puissance absolue de Dieu, et la dépendance de l'homme, et par la compensation égale des maux et des biens, suivant que l'un des deux événemens prévus dans le traité devoit arriver.

3°. Pour que cette objection, contre la justice divine, fût réelle, il faudroit prouver que la justice de Dieu et la justice de l'homme sont du même ordre, et c'est ce qui est impossible. Bayle lui-même a reconnu cette vérité; voici ses propres termes (*a*): « Si l'origéniste » répond que les vertus de Dieu sont transcendentelles; » qu'elles ne peuvent point être renfermées dans la » même cathégorie que celles de l'homme; qu'il n'y a » rien d'univoque entre nos vertus et celles de Dieu, et » que par conséquent nous ne pouvons juger celles-ci, » selon les idées que nous avons de la vertu en général, » il arrêtera tout court son adversaire ». Quoi donc! ne savons-nous pas qu'entre les choses divines et les choses humaines, il y a un abyme qui les sépare? Nous employons les mêmes expressions pour désigner certaines perfections de Dieu et certaines vertus de l'homme : et parce que l'expression est la même, nous concevons les mêmes idées des unes et des autres, c'est-à-dire que nous abusons de notre foiblesse même, pour oser censurer l'Etre-suprême; car notre langage n'est si imparfait, que parce que nos idées sont foibles et bornées : et si nos pensées pouvoient mesurer l'infinité de Dieu, bientôt nous emploierons des termes différens, pour désigner ses perfections; nous n'aurions plus alors la superbe et ridicule audace de juger Dieu par l'homme, et la pro-

(*a*) *Réponse aux questions d'un provincial*, tom. 4. pages 1185 et 1186.

fondeur incompréhensible de ses vertus, par cette ombre de vertu que nous croyons avoir; mais nous adorerions ses décrets, au lieu de les juger; étant plus grands et plus éclairés, nous serions plus respectueux, et nous reconnoîtrions que ce qui nous paroît injuste dans l'homme, peut être juste dans Dieu.

(*a*) 4°. Selon les idées que les hommes eux-mêmes ont de la justice, cette vertu consiste à rendre à chacun ce qui lui est dû. La première justice dans Dieu est donc de se rendre à lui-même ce qui lui est dû. Ainsi, tant que Dieu n'excédera point les bornes de ce qu'il se doit à lui-même, on ne pourra point dire qu'il ait violé les lois de la justice. Maintenant je demande si c'est à l'esprit humain à définir et à marquer ce que Dieu se doit à lui-même. Je vous appelle tous, esprits audacieux, qui pesez nos mystères au poids de votre folle raison. Rassemblez-vous de toute part. Quel est celui d'entre vous qui osera marquer les bornes de la justice divine? Qui osera dire à son Dieu: « Dieu que j'adore, ta vengeance ira jusques-là, et ne passera point ces limites »? Vous ne l'oseriez, sans doute, et cependant c'est ce que vous faites lorsque vous assurez que Dieu ne peut, sans injustice, punir tous les hommes du crime du premier homme. La balance à la main, vous pesez les droits de la divinité, et vous prononcez fièrement jusqu'où ces

---

(*a*) *Justitia est constans voluntas jus suum unicuique tribuendi.* Inst. Liv. 1. tit. 1. Ulpi. C. 1 Dig. de Justitiâ.

Affectio animi suum cuique tribuens quae Justitia *dicitur*, Cic. 5. defin. c. 23.

Τα οφειλομενα εκαστω αποδιδοναι. Plato, L. 1. de Rep.

droits doivent s'étendre. Je crois voir un insecte plein d'orgueil, qui, rampant avec peine sur la surface de la boue, prétend mesurer l'immensité.

5°. Enfin, je réponds que la transmission du péché originel, quoiqu'elle soit un mystère, peut seule expliquer les contrariétés étonnantes que l'on remarque dans la nature de l'homme. C'est par elle seule que nous pouvons comprendre pourquoi l'homme réunit tant de bassesse avec tant de grandeur; pourquoi dans un corps si foible, il a une ame si élevée; pourquoi cette ame qui pense, qui rassemble sans confusion le passé avec le présent, qui perce dans les profondeurs de l'avenir; cette ame née pour la vérité, et qui trouve en soi des vérités éternelles et immuables; cette ame qui porte empreinte dans elle-même l'idée immense et profonde de l'infini, est cependant, sur tant d'autres objets, assujettie à l'ignorance, aveuglée par l'erreur, nageant dans une incertitude éternelle, ou bien embrassant le mensonge pour la vérité, ne connoissant pas même les ressorts de ce corps à qui elle commande d'une manière si absolue; étrangère, et pour ainsi dire, égarée dans cet empire du monde, dont elle est la reine. Tant de contradictions qui se trouvent dans l'homme; cette lumière pure qui lui fait connoître les charmes de la vertu, et les penchans impétueux qui l'entraînent au crime; ce désir insatiable du bonheur, désir dont rien ne peut remplir l'immensité; et la nécessité fatale qui assujettit l'homme aux chagrins dévorans, aux maladies cruelles, à la douleur et aux larmes; ce sentiment si noble et si élevé, qui cherche à étendre les limites de notre être, en s'élançant vers l'immortalité; et cette loi terrible, irrévocable qui nous soumet à la mort, et qui

qui paroît confondre nos cendres avec les cendres de la brute ; voilà ce qui, de tout temps, a confondu la raison des philosophes. Voilà ce que Platon lui-même, ce grand homme digne d'avoir vécu dans un autre siècle, n'a jamais pu expliquer ; voilà ce qui a enfanté le système monstrueux des deux principes, ce système si absurde, et cependant adopté par tant de nations ; né chez les Egyptiens, reçu chez les Grecs, dominant chez les Perses, établi chez la plupart des nations orientales. Et en effet, sans le flambeau de la révélation, comment porter la lumière dans cet abyme ? (*a*) Sous un Dieu juste, on ne peut être malheureux sans être coupable. L'homme n'apporte aucun crime en naissant ; pourquoi donc est-il condamné à souffrir ? pourquoi le premier instant où il respire est-il pour lui le premier instant de la douleur ? pourquoi enfin ce mélange inoui de misère et de grandeur ? cette contradiction éternelle de deux natures opposées qui, dans l'homme, se heurtent et s'entrechoquent sans cesse avec violence. On combat le péché originel du côté de la justice divine, et c'est cette justice elle-même qui est la plus forte preuve du péché originel ; car Dieu étant juste, et l'homme étant malheureux, il faut que cet état de l'homme soit un état de punition : mais si l'homme est puni, il doit être coupable. C'est ce qui a fait dire au grand Pascal, ce génie, l'étonnement et l'honneur de l'humanité : « Sans ce mys-» tère, (*b*) le plus incompréhensible de tous, nous sommes » incompréhensibles à nous-mêmes. Le nœud de notre

---

(*a*) *Sub Deo justo, nemo miser, nisi mereatur.* S. Aug.

(*b*) *Pensées de Pascal*, ch. 3. art. 8.

» condition prend ses retours et ses plis dans l'abyme du » péché originel ; de sorte que l'homme est plus incon» cevable sans ce mystère, que ce mystère n'est incon» cevable à l'homme ».

Quand de l'immensité Dieu peupla les déserts,
Alluma le soleil, et *souleva des Mers*;
« Demeurez, leur dit-il, dans *vos bornes prescrites* »
Tous les mondes naissans connurent leurs limites.
Il imposa des lois à Saturne, à Vénus,
Aux seize orbes *divers*, dans les cieux contenus,
Aux élémens unis, dans leur utile guerre,
A la course des vents, aux flèches du tonnerre
A l'animal qui pense et né pour l'adorer:
Au ver *qui nous attend*, né pour nous dévorer,
Avons-nous bien l'audace en nos foibles cervelles,
D'ajouter nos décrets à ses lois immortelles?
Hélas! seroit-ce à nous, fantômes d'un moment,
Dont l'être imperceptible est voisin du néant,
De nous mettre à côté du maître du tonnerre,
Et de donner en Dieux des ordres à la terre?

Je ne cite ces vers que pour les admirer. Ces idées sont grandes, et la manière dont elles sont exprimées me paroît neuve. On y reconnoît une touche également forte et brillante. Cependant, plus ces vers sont beaux, plus je suis fâché que M. de V** y ait laissé quelques petites taches qui les défigurent.

Souleva des mers, pour dire *créa les mers*, ne me paroît point une expression naturelle ; le mot *soulever* présente l'idée d'une tempête, et probablement la mer ne fut point créée dans un état d'orage.

Dans vos bornes prescrites; je crois qu'il auroit fallu mettre : *demeurez dans les bornes qui vous sont prescrites*.

ou simplement, *Demeurez dans vos bornes :* car on dira bien : *Je demeure dans les bornes prescrites*, mais je ne crois pas qu'on puisse dire : *Je demeure dans mes bornes prescrites.*

Aux seize orbes divers; l'épithète de *divers* paroît superflue, et n'avoir été ajoutée que pour la mesure.

Au ver qui nous attend, né pour nous dévorer; qui nous attend : style de conversation, qui ne convient pas à la noblesse de ce poëme.

Né pour nous dévorer : idée basse, et qui présente une image choquante. L'imagination française est une sybarite voluptueuse qui veut être ménagée avec la plus grande délicatesse. Elle exige qu'on écarte avec soin toutes les images un peu trop fortes, et même celles qui pourroient causer le moindre dégoût à sa mollesse.

TROISIÈME PARTIE.

L'univers est le temple où siége l'éternel,
Là, chaque homme à son gré veut bâtir un autel.

Ou siége l'Éternel : on dit : *Un juge siége dans son tribunal :* je ne crois pas qu'on dise qu'une divinité *siége dans son temple ;* on diroit bien qu'elle réside ou qu'elle habite dans un temple.

Bâtir un autel : on dit bâtir un temple, et *dresser* ou *élever* un autel.

Chacun vante sa loi, ses saints et ses miracles,
Le sang de ses martyres, la voix de ses oracles.

Dans ces deux vers, toutes les religions paroissent être mises au même rang, comme si toutes portoient avec elles les mêmes motifs de persuasion, le même caractère de vérité. Cependant, il n'y en a qu'une seule qui réunisse en sa faveur toutes les preuves rassemblées dans ces deux vers; il n'y en a qu'une qui puisse offrir cette multitude innombrable de saints d'une vertu si pure et si généreuse, si sublime et si éloignée de l'orgueil et du faste; des miracles si éclatans et si publics, avoués par ceux-mêmes qui avoient intérêt de les nier, répétés mille fois dans le temps de leur naissance, transmis à nous par des hommes qui n'ont pu être ni trompés ni trompeurs, des prophéties si insconstestables dans leur origine, si claires et si positives dans leurs paroles, si exactes et si fidelles dans leur accomplissement: enfin une foule si prodigieuse de martyrs de tous les rangs, de tous les âges, de tous les sexes, dans tous les siècles et dans tous les climats; témoins innombrables qui d'un bout du monde à l'autre, ont déposé sur les échafauds pour la certitude de leur foi, et dont le sang lui-même devenoit une semence de fidelles.

L'un pense, en se lavant cinq ou six fois par jour,
Que le ciel voit ses bains d'un regard plein d'amour,
Et qu'avec un prépuce on ne pourroit lui plaire,
L'autre a du Dieu Brama désarmé la colère,
Et, pour s'être abstenu de manger du lapin,
Voit les cieux entr'ouverts et des plaisirs sans fin.

1°. Une familiarité basse dégrade le style de ces vers, entièrement indignes de la noblesse d'un poëme sérieux. *Se laver cinq ou six fois par jour. Voir d'un regard plein d'amour. S'abstiner de manger du lapin. Voir des plaisirs sans fin.* Quelles phrases! quel style! que coloris! En voyant ces vers mêlés parmi tant de beaux vers, je crois voir du plomb incrusté dans de l'or.

2°. L'auteur, par des railleries, s'efforce vainement de jetter un vernis de ridicule sur plusieurs pratiques anciennes établies chez des peuples très-sages, et consacrées chez les Juifs par l'autorité de Dieu-même. Dans les deux premiers vers, il attaque les purifications. Au rapport d'Hérodote et de Porphyre, elles étoient en usage chez les Égyptiens; leurs sacrificateurs se lavoient le corps deux fois la nuit et deux ou trois fois le jour. Dieu lui-même, dans la loi qu'il donna aux Juifs, leur prescrivit des purifications légales. On peut en apporter plusieurs raisons : 1°. la netteté du corps est un symbole de la pureté de l'ame. 2°. La netteté est nécessaire pour entretenir la santé et prévenir les maladies, principalement dans les pays chauds, où les purifications ont été en usage, comme dans l'Égypte, dans la Palestine et dans les Indes. 3°. Elles étoient surtout nécessaires parmi les anciens, qui ne connoissoient point encore l'usage du linge. 4°. Dieu a voulu que chez les Juifs ces préceptes fissent partie de la religion; parce que regardant l'intérieur des maisons et les actions les plus secrettes de la vie, il n'y avoit que la crainte de Dieu qui pût les faire observer. 5°. Dieu, par ces lois, a voulu faire connoître aux Juifs combien étoit saint le Dieu qu'ils adoroient, et dans quelle pureté ils devoient marcher devant ses yeux. D'ailleurs, il les accoutumoit à reconnoître que rien ne lui étoit caché, et qu'il ne suffisoit pas d'être pur aux yeux des hommes. C'est pourquoi il leur ordonna de se baigner, et de laver leurs habits, lorsqu'ils avoient touché un corps mort ou un animal immonde, et dans plusieurs autres occasions. Voilà le fondement de ces lois qui paroissent grossières et ridicules à nos beaux-esprits philosophes; mais qui, dans la réalité, n'étoient pas moins utiles pour la santé que pour les mœurs.

3°. Le poëte prétend encore lancer les traits du ridicule sur la circoncision; mais ses traits sont des traits de plomb, sans pointe et sans éclat. Plusieurs nations ont observé cette pratique. Hérodote et Philon rapportent que les Égyptiens regardoient la circoncision comme une purification nécessaire. Nous voyons dans Jérémie que tous les descendans d'Abraham, comme les Ismaélites, les Madianites, les Iduméens et que les Ammonites et les Moabites, descendans de Loth, étaient assujettis au même usage. La Genèse nous apprend que Dieu lui-même en fit un commandement exprès à Abraham et à toute sa postérité; c'étoit, pour ainsi dire, la marque de l'alliance qu'il contratcoit avec son peuple. La loi nouvelle, loi toute spirituelle et qui élève l'homme au-dessus des sens, a abrogé cette loi de chair, et faite pour un peuple grossier: mais une pratique que Dieu lui-même a ordonnée, et qui a fait long-temps une partie de la religion du peuple saint, méritoit du moins de n'être pas tournée en ridicule.

4°. L'abstinence de certains animaux n'est attaquée, ni avec plus de succès, ni avec plus de justice. La loi de Moyse avoit établi une distinction parmi les viandes, en permettant les unes et défendant les autres; cette abstinence étoit également utile pour la santé et pour les mœurs. La plupart des nourritures interdites aux Juifs étoient pesantes et difficiles à digérer : d'ailleurs, ces sortes de défenses étoient un joug imposé à des esprits indociles, pour les faire sans cesse souvenir de leur dépendance. Elles exerçoient l'homme à la sobriété, en l'accoutumant à un petit nombre de viandes peu recherchées. C'étoit un frein pour celui de nos sens, qui est si voluptueux et si superbe, qui cherche sans cesse à réveiller, par la diversité infinie des mets, son orgueilleuse délicatesse. Enfin elles assoupissoient les flammes impures de la volupté, en leur ôtant l'aliment funeste que lui fournissent les plaisirs de la table. J'aurois donc voulu que le poëte n'eût point affecté de présenter, d'une manière ridicule, un usage établi, à la vérité, chez quelques peuples, par la superstition, mais fondé chez d'autres sur des raisons aussi sages et aussi solides, et que la religion chrétienne elle-même a consacré pendant un certain temps de l'année.

Des chrétiens divisés les infâmes querelles
Ont, au nom du Seigneur, apporté plus de maux,
Répandu plus de sang, creusé plus de tombeaux,
Que le prétexte vain d'une utile balance
N'a jamais désolé l'Allemagne et la France.

Il y a long-temps que la raison humaine déclame contre les fureurs du fanatisme. Lucrèce, après avoir fait une description éloquente du sacrifice d'Iphigénie, s'écrie :

Tantùm Religio potuit suadere malorum!

Mais Lucrèce confond ici le fanatisme avec la religion : impute à la religion des crimes qu'elle abhorre, et ne cherche à la rendre coupable que pour avoir droit de la combattre. Évitons un si dangereux exemple. On ne le sait que trop; le fanatisme est une semence fatale, qui germe dans le sein de toutes les religions, et qui y porte sans cesse des fruits d'horreurs et de discordes. Chaque siècle est marqué par des fureurs, Chaque nation a là-dessus des monumens affreux qui doivent l'épouvanter en la faisant rougir. Frémissons, j'y consens, frémissons à la lecture des attentats de la ligue et des massacres de la Saint-Barthelemy. Baignons de nos larmes ces pages funestes de nos histoires. Que ces jours abominables, ces jours de mort et de sang soient pour nous un objet éternel d'horreur et d'exécration : mais ne rendons pas la religion responsable de tant de forfaits qu'elle deteste. Malgré tant d'horreurs commises au sein du christianisme, et au nom de Dieu, la religion chrétienne n'en est pas moins une religion respectable, une religion sainte, qui adore un Dieu de paix, et qui abhorre le sang des hommes.

La combattre, parce que dans son sein il y a eu des fanatiques, c'est vouloir égorger une mère, parce que quelques-uns de ses enfans ont commis des crimes.

Un doux inquisiteur, un crucifix en main,
Au feu, par charité, fait jeter son prochain,
Et pleurant avec lui d'une fin si tragique,
Prend pour s'en consoler son argent qu'il s'applique,
Tandis que de la grâce ardent à se toucher,
Le peuple louant Dieu, chante autour d'un bûcher.

Le poëte, toujours ardent à saisir tout ce qui paroît défavorable à la religion et à ses ministres, a voulu répandre sur ces vers le sel amer d'une mordante

dante causticité ; mais du moins il n'a pas réussi à y répandre les grâces et le coloris de la poësie. *Un doux inquisiteur ; une fin tragique ; faire jeter son prochain au feu : s'appliquer l'argent de quelqu'un : ardent à se toucher de la grâce.* Toutes ces expressions, indignes d'une prose un peu élevée, seroient beaucoup mieux placées dans une conversation que dans un poëme ; on pourroit même douter si les deux dernières (*S'appliquer de l'argent, et ardent à se toucher*) sont bien françoises.

A ce portrait, familièrement satyrique, opposons cet autre tableau du même auteur.

> . . . . Ce sanglant tribunal,
> Ce monument affreux du pouvoir monacal,
> Que l'Espagne a reçu, mais qu'elle-même abhorre,
> Qui venge les autels et qui les déshonore,
> Qui, tout couvert de sang, de flammes entouré,
> Egorge les mortels avec un fer sacré ;
> Comme si nous vivions dans ces temps déplorables
> Où la terre adoroit des dieux impitoyables,
> Que des prêtres menteurs, encor plus inhumains,
> Se vantoient d'apaiser par le sang des humains.

Quelle force, quelle harmonie dans ces vers! quelle vivacité de coloris! Est-ce donc le même pinceau qui a tracé les deux tableaux?

> Plus d'un bon catholique, au sortir de la messe,
> Courant sur son voisin pour l'honneur de sa foi, etc.

1°. Le nom respectable et saint d'un sacrifice aussi auguste que celui de la messe, ne devroit point être mêlé parmi ces déclamations satyriques.

2°. Un fanatique qui, de sang froid, égorge un

homme parce que ce malheureux a une façon de penser différente de la sienne, n'est pas un *bon catholique*; c'est un monstre qui ne connoît ni sa religion, ni l'humanité; indigne également du nom de chrétien et du nom d'homme.

3°. *Un bon catholique courant sur son voisin au sortir de la messe* : style de conversation, et d'une familiarité indécente dans un ouvrage sérieux.

> Calvin et ses suppôts, guettés par la justice,
> Dans Paris, en peinture, allèrent au supplice.

Ces deux vers, durs et familiers, réunissent le défaut d'harmonie avec la bassesse des expressions.

Calvin et ses suppôts : jamais *suppôts* n'a été un terme noble.

Guettés : expression basse et qui n'est bonne, tout au plus, que pour une fable ou pour un conte.

Par la justice : le mot de *justice*, pris dans ce sens, n'a jamais été reçu que dans des vers de comédie.

Aller au supplice en peinture : phrase de conversation, et qui même n'est pas heureuse pour signifier ce que l'auteur veut exprimer.

> Servet fut en personne immolé par Calvin.

En pesonne : expression familière, et qui rend ce vers prosaïque.

> D'où vient que deux cents ans, cette pieuse rage,
> De nos aïeux grossiers fut l'horrible partage?
> C'est que de la nature on étouffa la voix;
> C'est qu'à sa voix sacrée on ajouta des lois.

1°. Peut-on dire *ajouter des lois à la voix de la nature*? cela est-il exact?

2°. Quel est le véritable sens de l'auteur dans ce dernier vers ? Quelles sont ces lois ajoutées à la voix de la nature, et qui chez les hommes ont été la source du fanatisme ? Ces lois ajoutées à celles de la nature, ne pouvoient être que des lois de morale, ou des lois de culte ; ainsi ce vers peut présenter deux sens.

L'auteur ne développe point ici ses véritables idées; voyons si nous ne pourrions pas lever un coin du voile qui les couvre. Voici le premier sens : La voix de la nature nous commande l'humanité, mais les hommes, emportés par la superstition, ont cru follement qu'il y avoit des occasions où le devoir les obligeoit de sacrifier l'humanité au zèle de la religion, et ils ont ajouté cette loi barbare aux lois que leur prescrivoit la nature. Voici le second sens que l'on pourroit donner à ce vers : La religion naturelle nous prescrit envers l'Etre suprême un culte simple, un hommage qui n'est fondé que sur la raison : mais les hommes, à ce culte si simple, ont ajouté de nouvelles lois, de nouvelles cérémonies, un nouveau culte ; et ces nouvelles opinions ont enfanté le fanatisme. Si ce dernier sens est celui de l'auteur, comme peut-être quelqu'un pourroit le soupçonner, en lisant la suite de ce poëme, je lui réponds : 1°. Parmi les chrétiens, ce ne sont point les hommes qui ont introduit ces nouvelles lois, ce nouveau culte ajouté ou substitué au culte de la religion naturelle : ces lois sont dressées sur la révélation ; la révélation est contenue dans les livres saints dont l'autorité est incontestable. 2°. Ce ne sont point ces nouveaux préceptes ajoutés aux préceptes de la religion naturelle, qui ont enfanté le monstre du fanatisme; bien loin d'altérer la loi naturelle, ils l'ont perfectionnée. Des lois qui proscrivent les désirs, même de vengeance, qui ordonnent d'aimer tous les hommes, de pardonner les outrages, de faire du bien à ses ennemis, n'ont jamais pu autoriser, parmi les hommes, les haines, les fureurs, les perfidies, les assassinats et toutes les horreurs qui accompagnent le fanatisme.

Enfin, grâce en nos jours à la philosophie,
Qui de l'Europe au moins éclaire une partie;
Les mortels, plus instruits, en sont moins inhumains.

Ces trois vers, et surtout les deux premiers, n'ont rien de poëtique que la rime : dérangez la mesure, on croit lire de la prose. Au reste, ces vers sont justes, et renferment une vérité. La superstition et le fanatisme furent presque toujours enfans de l'ignorance. Dans un siècle plus éclairé, on se forme des idées plus justes de la divinité; on connoît mieux les devoirs de l'homme envers l'Etre suprême et envers ses semblables. Mais en même-temps qu'on rend justice aux lumières de notre siècle, on ne peut s'empêcher de déplorer l'abus funeste que tant d'esprits frivoles et audacieux font de la philosophie, en voulant pénétrer les mystères de la religion les plus impénétrables, et soumettre au jugement de la raison ce qui doit être l'objet de notre foi. Si dans notre siècle la religion a gagné par les lumières, elle perd infiniment davantage par l'incrédulité.

Mais si le fanatisme étoit encor le maître,
Que ses feux étouffés seroient prêts à renaître!

1°. La composition grammaticale du second vers

ne me paroît point exacte et naturelle, à cause de l'exclamation subite à laquelle le lecteur ne s'attend pas. D'ailleurs, on ne sait d'abord ce que signifie ce *Que* qui est à l'entrée du vers.

2°. *Si le fanatisme étoit le maître* : cette expression, faite pour la conversation, paroît étrangère dans un poëme noble.

3°. Ces deux vers semblent contredire les quatre vers précédens. En effet, l'auteur avoit dit que dans ce siècle les hommes étant plus instruits étoient moins cruels; il dit ici qu'ils seroient encore prêts à commettre les mêmes horreurs, s'ils en avoient le pouvoir. Je crois, entre ces deux idées, apercevoir une contradiction marquée.

On s'est fait, il est vrai, le généreux effort
D'envoyer moins souvent ses frères à la mort;
On brûle *moins d'humains* dans le sein de Lisbonne,
Et même le muphti, qui rarement raisonne,
Ne dit plus au chrétien que le sultan soumet :
« Renonce au vin, barbare, et crois à Mahomet ».
Mais *du beau nom de chien* ce muphti nous honore,
Dans le fond des enfers il nous envoie encore.
Nous le lui rendons bien; nous damnons à-la-fois
Ce peuple circoncis, etc,

Ces vers, platement burlesques, indignes également d'un chrétien et d'un poëte, réunissent la familiarité la plus rampante dans les expressions, avec les idées les plus indécentes. En lisant ces vers, je ne puis croire qu'ils soient de notre poëte. En effet, y reconnoît-on la touche de cet homme célèbre, dont les ouvrages font l'admiration de toute l'Europe?

Sans doute, c'est encore ici un de ces brigandages de la littérature, dont il s'est plaint souvent avec tant d'éloquence. Quelques-uns de ses ennemis, aussi méprisables par leur goût, que dangereux par leur manière de penser, ont inséré dans ce poëme tous ces morceaux familiers et bas qui déshonorent la plume d'un si grand écrivain; et, suivant l'expression de l'auteur lui-même, ils ont entassé dans de mauvais vers, avec autant de sottise que de malice, une foule d'expressions dures ou triviales. Mais l'artifice est grossier; il ne peut tromper personne. Car quel est l'homme de bon sens qui pourroit imputer de semblables vers à M. de V** ? Ce grand homme connoît très-bien ce précepte du moderne législateur des poëtes:

> Quoi que vous écriviez, évitez la bassesse;
> Le style le moins noble a pourtant sa noblesse.

Mais quel est le sens de ces vers? le voici: L'auteur se plaint que la philosophie n'ait point encore fait assez de progrès dans l'Europe, pour arracher entièrement certains vieux préjugés sur la religion. On a encore la stupidité de croire que toutes les religions et toutes les sectes ne sont point égales. Le poëte tourne en ridicule le musulman et le chrétien, comme des fous qui prétendent tous deux qu'on ne peut être sauvé à moins de croire à Jésus-Christ, ou à Mahomet. Ainsi, selon l'auteur, toute religion est indifférente; elles sont toutes également agréables à l'Etre suprême. Voici les conséquences qu'on peut tirer de ce principe. 1°. La religion chrétienne n'est qu'une fable, puisqu'elle enseigne clairement, comme un de ses dogmes principaux, que personne ne sera sauvé hors de son sein, et qu'il ne peut y avoir qu'une seule bonne religion. 2°. Il n'y a sur la terre aucune religion établie de Dieu même ; puisque, s'il y en avoit une, il faudroit nécessairement qu'on fût obligé de la suivre. 3°. Il n'y a donc point de révélation : les livres saints, ces livres si respectables par leur antiquité, et qui portent tant de caractères de vérité, ne sont qu'un tissu d'impostures, et des livres de mensonge, écrits par des hommes trompeurs qui, depuis quatre mille ans, abusent de la crédulité des hommes. 4°. La religion parmi les hommes est donc arbitraire ; les devoirs du culte extérieur ne sont qu'un esclavage sacré, inventé par la politique, affermi par la superstition ; on peut renverser les temples et briser les autels ; il suffit de reconnoître dans son cœur, un être suprême à qui le cœur adresse ses hommages : adorer Jésus-Christ, ou bien adorer Osiris, Foë, Jupiter ou Brama, peu importe, pourvu que l'on croye adorer le Dieu véritable. Telles sont les horribles conséquences de cet horrible principe. L'auteur lui-même les développe dans les vers suivans. Il est inutile de s'arrêter à réfuter de pareilles horreurs. Le déiste n'a point encore répondu à tous les ouvrages admirables qui ont été faits sur la religion. Ecrasé sous le poids du raisonnement, une saillie est son refuge. Je crois voir un homme qui, contre une bombe prête à le réduire en poudre, lance en riant une fusée volante. Jusqu'à ce que le déiste ait réfuté Pascal, Racine, Clarke, Wisthon, Abbadie et l'abbé François, on le peut regarder comme confondu, et il le sera éternellement.

En vain par vos bienfaits signalant vos beaux jours,
A l'humaine raison vous donnez des secours,
Aux beaux arts des palais, aux pauvres des asiles :
Vous peuplez les déserts et les rendez fertiles.

Ces vers ne me paroissent avoir d'autre mérite que celui d'une ingénieuse, mais froide symétrie : ils ne sont point animés du feu divin de la poësie, et l'imagination n'a point répandu sur ces idées le coloris de la peinture, dont cependant elles étoient si susceptibles.

Signalant vos beaux jours. Les *beaux jours* de quelqu'un me paroissent appartenir à une prose familière, beaucoup mieux qu'à une poësie noble.

Vous donnez des secours à la raison, des palais aux beaux arts, des asiles aux pauvres. Je remarque, 1°. dans cette manière de s'exprimer une précision symétrique, qui ne convient point du tout à la poësie. Cet art aimable et facile, qui est l'art de l'imagination, n'aime point que les idées soient toisées géométriquement avec le compas. 2°. La prémière idée n'est point assez développée : ces secours donnés à la raison excitent la curiosité de l'esprit, sans la satisfaire. 3°. *Les pauvres*, au nombre pluriel, n'ont jamais été reçus en poësie ; cette expression porte même avec elle une idée basse : quoiqu'on dise parfaitement bien *le pauvre*, c'est un caprice de la langue ; mais tous les grands auteurs s'y sont soumis.

M. de V**, dans la célèbre tragédie de *Sémiramis*, ce chef-d'œuvre de versification, de terreur et de pitié, a rendu avec beaucoup de noblesse et de génie, des idées à peu près semblables. Un ministre dit à cette reine :

Babylone

Babylone et la terre avoient besoin de vous :
Et quinze ans de vertus et de travaux utiles,
Les arrides déserts par vous rendus fertiles,
Les sauvages humains soumis au frein des lois,
Les arts dans nos cités naissans à votre voix,
Ces hardis monumens que l'univers admire,
Sont autant de témoins dont le cri glorieux,
A déposé pour vous au tribunal des dieux.

Sémiramis, *act.* 1. *sc.* 5.

Ces vers portent le caractère du génie de l'auteur, c'est-à-dire qu'ils sont forts et brillans.

B . . . . . . et T . . . . . jurent sur leur salut,
Que vous êtes sur terre un fils de Belzébut.

Il est inutile d'annoncer que ces deux vers ont un très-petit mérite par eux-mêmes. Ils se font seulement remarquer par la prétendue raillerie dont l'auteur croit sans doute les avoir assaisonnés. Leurs expressions burlesques n'offrent à l'esprit que des idées également fausses et injustes. 1°. Le catholique est attaché à sa religion : cette religion lui enseigne que, hors de son sein, on ne peut être sauvé; il croit cette vérité, parce qu'elle lui est révélée; mais en même-temps il ne juge personne. Il plaint ceux qui sont dans l'erreur, il laisse à Dieu le soin d'accomplir sa parole et d'exécuter ses décrets sur les hommes. Il respecte surtout les têtes couronnées, et ne met ni leurs actions, ni leur foi dans la balance. 2°. Quelle est la pensée contenue dans ces vers et dans les quatre précédens? la voici : En vain vous êtes bienfaisant et le protecteur des arts, il y a des hommes qui ont la stupidité de dire que vous n'êtes pas dans la bonne religion. L'auteur pense donc que toute la religion d'un prince, tout le culte qu'il doit à l'Etre suprême, consiste à favoriser le progrès des arts; car, pour que la raillerie de l'auteur soit juste, il faut qu'on puisse faire ce raisonnement. Il est évident qu'un prince qui protége les sciences, est cécessairement dans la bonne religion. Il faut donc être stupide pour oser soutenir le contraire. Mais quoi de plus absurde qu'un tel raisonnement? et par conséquent, quoi de plus faux et de plus insipide que la raillerie contenue dans ces deux vers?

Ils ont des partisans, et l'on honore en France
De ses ânes fourrés l'imbécille ignorance.

1°. On peut dire qu'il est indécent à tout écrivain, tel qu'il soit, de prendre un ton insolent et superbe, surtout envers les partisans et les défenseurs d'une religion dans laquelle est né l'auteur lui-même, qui est autorisée par le gouvernement de son pays, qui est la religion dominante de toute l'Europe, qui a été reçue dans toutes les parties du monde, et qui enseigne aux hommes de si grandes vérités et des vertus si pures. Ce langage pourroit tout au plus convenir à un musulman fanatique, dont l'ame grossière et stupide ne connoît autre chose que l'Alcoran : ou à un Chinois orgueilleux, enivré de sa vaine science, et qui entendroit parler pour la première fois de la religion chrétienne.

2°. Je demande de quel côté est l'*imbécille ignorance*; est-ce du côté de ceux qui se soumettent à la religion; de ceux qui croyent sur l'autorité des livres saints, le livre le plus ancien qui soit dans le monde; sur la déposition des apôtres, qui ont scellé leur témoignage de leur sang; sur l'accomplissment des prophéties, le seul caractère de vérité que l'imposture ne peut imiter; sur les lumières de tant de grands hommes, de génies élevés, de savans profonds qui tous, après une vie entière d'étude, se sont soumis avec une humble docilité aux mystères de la foi; enfin, sur sur la voix du monde entier, dont la conversion rend le plus glorieux témoignage pour la vérité de la religion? Ou bien est-ce du côté de celui qui, foulant aux pieds tant de témoignages, tant de prodiges, tant de monumens divins, les écrits de tant de grands hommes, le sang de tant de martyrs, le consentement de l'univers, enfin, une prescription si longue et si bien affermie; regardant la foi de tous les siècles comme une crédulité populaire, les plus saints personnages comme des imposteurs, les génies les plus célèbres comme des imbécilles, la mort sanglante des martyrs comme un jeu concerté pour tromper les hommes, la conversion de l'univers comme une entreprise humaine, l'accomplissement des prophéties comme l'effet du hasard, prend seul le parti affreux de ne point croire, et prend ce parti sans autorités, sans raisons décisives, sans autres preuves que quelques doutes frivoles, doutes usés et vulgaires, répétés sans cesse, et sans cesse confondus? Je le demande encore, de quel côté se trouve l'*imbécille ignorance*? le déiste invoque sans cesse la raison. Eh bien! que la raison décide, c'est à elle à juger; c'est elle-même qui le condamne; c'est elle qui rejette sur son front le sceau de *l'ignorance* et de la stupidité dont il prétend nous flétrir. Ah! si dans ce siècle funeste, pour être philosophe et raisonnable, il faut cesser d'être chrétien, nous chérissons, nous embrassons avidement cette *imbécille ignorance* à laquelle on nous condamne. Dure, dure à jamais cette heureuse stupidité qui nous associe à tant de grands hommes; elle nous est plus glorieuse et plus chère que toute la raison de notre siècle.

Ça, dis-moi, tête chauve, ou toi qui dans un froc
Des argumens en forme as soutenu le choc,
Penses-tu que Socrate et le juste Aristide,
Solon qui fut des Grecs et l'exemple et *le guide*,
Penses-tu que Trajan, Marc-Aurèle et Titus,
Noms chéris, noms sacrés que tu n'as jamais lus,
De l'univers charmé bienfaiteurs adorables,
Sont au fond des enfers empalés par des diables:
Et que tu seras, toi, de rayons couronné,
D'un cœur de chérubins, sans cesse environné,
Pour avoir, quelque temps, chargé d'une besace,
Dormi dans l'ignorance, et croupi dans la crasse?
Sois sauvé, j'y consens; mais l'immortel Newton,
Mais le savant Leibnitz, et le sage Adisson,
Et *ce Loke, en un mot*, dont la main courageuse,
A de l'esprit humain marqué la borne *heureuse*,
Ces esprits qui sembloient de Dieu même éclairés,
Dans des feux éternels seront-ils dévorés?

Un ton plus que superbe, une poësie coulante, des idées fausses, des railleries indignes d'un chrétien, caractérisent ce morceau. L'auteur y paroît poëte et caustique; on n'y reconnoît ni un catholique ni un chrétien, ni même un logicien, encore moins un homme qui sache observer les décences. Pour renverser l'édifice de la religion chrétienne, cet édifice inebranlable, appuyé sur des fondemens éternels, l'auteur employe une saillie. Quelle indigne et misérable ressource pour un homme qui pense et qui vante sa raison! Voilà donc les armes redoutables dont on se sert pour combattre notre foi! armes impuissantes, armes frivoles, qui déshonorent également et celui qui s'en sert, et la cause qu'on défend.

En décomposant ce morceau, en analysant fidellement chaque vers, en fondant dans le creuset de la raison tout le sel que l'auteur s'est efforcé d'y mettre, je n'y trouve qu'une seule idée qui forme une légère objection; la voici : Est-il probable que Socrate, Aristide, Solon, Trajan, Marc-Aurèle et Titus, ces hommes vertueux et bienfaisans; que Newton, Leibnitz, Adisson et Loke, ces philosophes si savans, soient condamnés à des feux éternels, tandis qu'un moine sera sauvé? Mais, 1°. quoi de plus frivole que l'objection tirée de la vertu de ces fameux payens? Qu'est-ce que la vertu d'un homme lorsqu'il est abandonné à lui-même? combien n'y a-t-il pas de vide et de foiblesse? Les vertus humaines, formées par l'amour de la gloire, ne sont-elles pas toujours infectées par l'orgueil? D'ailleurs, combien de vices secrets déshonorent et flétrissent souvent des vertus apparentes? L'homme ne voit que le fantôme et le masque; l'œil perçant de l'éternel découvre les derniers replis du cœur. Enfin, quand on accorderoit que ces philosophes célèbres, ces empereurs si vantés, ont connu et même pratiqué les devoirs de l'homme envers les autres hommes, ont est du moins obligé de convenir qu'ils ont ignoré les grands devoirs de l'homme envers l'être suprême; que même ils ont méconnu cet être éternel et infini, puisque tous, stupidement idolâtres, oubliant le Dieu de l'univers pour déifier le marbre et l'airain, adorant leurs passions sous le nom de leurs idoles, ils honoroïent, par des hommages infâmes, les plus infâmes divinités. Ou l'impiété n'est pas un crime, ou si elle en est un, tout idolâtre est nécessairement criminel. Quelle absurdité de croire qu'une vie entière, qui n'est qu'un tissu affreux de superstitions sacriléges et de profanations impies, puisse être agréable à l'être infiniment juste et saint! Quelques traits passagers de vertus humaines peuvent-ils effacer le crime d'avoir outragé et méconnu Dieu? et la religion n'est-elle donc plus le premier devoir de l'homme? 2°. L'objection tirée des grands noms de Newton, de Leibnitz, d'Adisson et de Loke, opposés à un moine, n'a pas un fondement plus solide. Si cette objection avoit quelque poids, quelle seroit donc l'idée que nous nous formerions de la divinité? Avons-nous l'orgueil et la foiblesse de penser que ce vain bruit de gloire, ce je ne sais quel vent que l'on nomme *réputation*, est un titre qui rend les hommes plus recommandables aux yeux de l'être infini? Quel droit le plus grand philosophe de la terre a-t-il au salut éternel, plus que le dernier des hommes qui végète obscurément sur notre globe? Foibles mortels! tout ce qui nous étonne nous paroît grand; renfermés de toute part dans des bornes si étroites, rampans dans la bassesse, si quelqu'un de nos semblables, par quelques bonds heureux, s'élève de quelques coudées au-dessus de la boue qui nous arrête, aussitôt sa petite élévation nous éblouit; son nom nous subjugue et nous en impose; nous lui donnons audacieusement le titre de *grand;* nous lui établissons une espèce d'empire sur le genre humain. Conservons, je le veux, conservons ces titres de notre vanité; mais quelle foiblesse d'attribuer les mêmes idées à l'être suprême? Que sont à ses yeux les plus fameux philosophes, les savans les plus éclairés? moins qu'une fourmi, qu'un atôme aux yeux de l'homme. Il rit du haut des cieux en entendant prononcer, avec tant de faste, ces noms ridiculement superbes de *grandeur*, de *science*, de *profondeur*, de *génie* que les hommes ont inventés, et qu'ils se donnent entr'eux; étant Dieu, c'est-à-dire infini, tout devant lui rentre dans le néant. C'est ainsi qu'à l'égard de nous-mêmes, la montagne la plus élevée, et qui, vue de près, paroît immense; aperçue d'une certaine distance en élévation, ne paroîtroit plus qu'un point qui s'affaise et s'abîme dans l'égalité de la plaine. Je le répète: aux yeux de Dieu, tout est égal, hors la vertu. Newton et Leibnitz sont des dieux pour nous; pour Dieu, ce ne sont que des hommes, c'est-à-dire, un peu plus que le néant. C'est donc très-mal raisonner que dire: On doit rejeter une telle religion, parce que, si elle étoit vraie, il faudroit que Newton, Leibnitz et Loke fussent damnés; or, il n'est point probable que Dieu ait voulu damner des hommes d'un si grand mérite. D'ailleurs, ce n'est ni la pénétration de l'esprit, ni l'étendue des connoissances qui peuvent rendre l'homme agréable aux yeux de Dieu, c'est la religion et la vertu: on peut être un très-profond géomètre, et tirer de fort mauvais corollaires sur tout ce qui regarde la religion; Newton lui-même en fournit une preuve sans réplique. Cet homme célèbre, qui avoit fait de si grandes découvertes sur la lumière, sur la gravitation, sur le calcul intégral et sur la chronologie, a commenté l'Apocalypse, et il y a trouvé que le pape étoit l'Antéchrist. C'est de cet ouvrage que M. de V** lui-même a dit qu'apparemment Newton, par ce *Commentaire*, a voulu consoler la race humaine de la supériorité qu'il avoit sur elle. 3°. Enfin l'auteur s'efforce vainement de jeter un vernis de ridicule sur un moine catholique qui s'est lui-même enseveli dans un cloître pour assurer son salut éternel. Ce ridicule n'est qu'une ombre légère qui disparoît aisément au flambeau de la raison. On remarque d'abord, que jamais l'homme n'a été assez imbécille pour faire consister la vertu à *porter une besace*, à *dormir dans l'ignorance*, et à *croupir dans la crasse*. Ce sont-là les traits odieux de la satyre, ce n'est point le fidelle portrait de l'état qu'on censure. Pour juger du degré d'estime que mérite un état, il faut examiner ses devoirs, et non pas ses abus : or, un homme qui, transporté volontairement hors du tourbillon qui agite le genre humain, occupé du plus grand intérêt qui puisse attacher l'homme, passe sa vie aux pieds des autels, consacré tout entier aux devoirs augustes que la religion nous impose envers l'être suprême; un homme qui, combattant par de continuelles austérités la voluptueuse délicatesse des sens, s'arrache, par une privation volontaire, aux charmes séducteurs de tous les plaisirs; qui, étouffant dans son cœur la passion la plus impérieuse, foule aux pieds les richesses, et se condamne lui-même aux lois rigoureuses d'une austere pauvreté; qui, enfin, immolant aux pieds de l'autel le plus précieux, le plus grand de tous les biens, sa liberté, assujettit lui-même l'orgueilleuse indépendance de son ame à un joug que la mort seule

seule pourra briser; un homme qui regarde la gloire comme une erreur, la prospérité comme une infortune, l'élévation comme un précipice, les afflictions comme des faveurs, la terre comme un exil, les révolutions eternelles du monde comme des songes passagers; brisant, autant qu'un homme peut le faire, tous les liens qui l'attachent à la terre, et ne s'occupant que de ce qui est éternel et infini, un tel homme paroît-il donc si méprisable à M. de V**? Pense-t-il qu'un tel homme ne sera pas pour le moins aussi agréable à l'être suprême qu'un grand poëte, qu'un physicien subtil, ou qu'un profond géomètre? tels sont cependant les devoirs, tel est l'état sublime des religieux; tels on en trouve encore aujourd'hui dans tous les cloîtres: s'il en est qui, trahissant ces devoirs sublimes, se confondent, par leurs vices, avec le vulgaire des chrétiens foibles et pervers, ils sont étrangers au sein de leurs cloîtres, et la religion les désavoue. Nous n'avons ni la stupidité de croire, ni la témérité de dire que l'on sera sauvé pour avoir *porté une besace*, et pour avoir été ignorant. Nous savons, sans que le déiste nous l'apprenne, que la religion consiste, non dans l'usage d'un habillement pauvre et singulier, mais dans la pratique des vertus.

> Porte un arrêt plus doux, prends un ton plus modeste,
> Ami; ne préviens point le jugement céleste;
> Respecte les mortels; reconnois leur vertu;
> Ils ne t'ont point damné; pourquoi les damnes-tu?

Ces quatre vers familiers sont fondés sur une idée entièrement fausse; l'auteur y représente le catholique comme un juge atrabilaire qui, de sa seule autorité, s'érigeant à lui-même un tribunal, d'un ton aigre et d'un air despotique, prononce une sentence de damnation contre tout le reste des hommes. J'ai déjà remarqué plus haut que le catholique ne juge personne; il croit seulement les dogmes que la religion lui enseigne, et il les croit, parce que les dogmes lui sont révélés. Le déiste se trompe, en ce qu'il regarde le catholicisme comme une de ces sectes dont les opinions, fruits de l'esprit humain, ne sont que des problêmes indifférens, destinés à amuser le loisir des écoles et la vanité des sophistes. C'est sur ce faux principe que sont appuyés les avis charitables qu'il nous adresse; mais il ne s'agit point ici de réformer un jugement de notre esprit; il s'agit de détruire une parole de Dieu. Ce n'est point nous qui condamnons les autres hommes, c'est notre religion; et comme Dieu en est l'auteur, c'est Dieu lui-même, c'est-à-dire, la vérité de sa parole qu'il faut attaquer.

A la religion directement fidelle,
Sois doux, compâtissant, sage, indulgent comme elle.

Ces deux vers, foibles et prosaïques, étant fondés sur les mêmes idées que les précédens, sont également faux : la religion nous ordonne d'être doux, compâtissans, pleins d'indulgence envers tous les hommes; mais nous défend-elle de croire ce que Dieu nous a révélé sur sa justice et sur les décrets éternels de sa sagesse? Les lois humaines condamnent à la mort les brigands et les assassins : instruit de ces lois, j'apprends qu'un homme a commis un meutre, et qu'il est déjà entre les mains de ses juges; sans le condamner ni l'absoudre, je laisse aux lois le soin de le juger. Suis-je inhumain et barbare, parce que je crois que cet homme laissera sa vie sur l'échafaud? Non, sans doute; mais la cruauté consisteroit à l'outrager dans son malheur, à l'insulter dans son supplice, à lui refuser la douleur et les larmes que tout homme doit aux malheureux.

Et, sans noyer autrui, tâche à gagner le port.

1°. *Tâche à gagner :* je crois qu'en conversation on peut dire, *tâcher à faire* quelque chose, mais que dans le style noble, on dit toujours tâcher de faire.

2°. Le catholique n'est point un homme qui noye les autres hommes pour gagner le port; c'est un homme qui, ayant à parcourir une mer périlleuse et troublée par beaucoup d'orages, prend, pour parvenir au port, une route sûre qui lui est marquée par une boussole invariable, et qui, voyant une foule de vaisseaux égarés par des astres trompeurs, prendre des routes opposées pour arriver au même but, leur crie qu'ils s'égarent, que leur route ne les conduira qu'à d'affreux écueils, où ils feront un naufrage inévitable; et, ne pouvant les retenir, verse des larmes sur l'erreur funeste de ces hommes infortunés. Alors il continue sa route, attendant, dans le silence et dans l'effroi, l'instant fatal où, arrivé lui-même au terme de sa course, il verra, du sein du port, les débris des autres vaisseaux brisés par la tempête, justifier ses prédictions et la prudence de ses conseils.

Qui pardonne a raison, et la colère a tort.

Maxime très-belle, mais très-mal placée. Je le répète, ce n'est point le catholique qui juge ou qui condamne; il n'est point l'arbitre du sort des hommes; il ne s'arroge point le droit de pardonner ou de punir; c'est Dieu qui fait grâce ou qui la refuse. C'est donc à Dieu que l'auteur doit appliquer la maxime s'il l'ose.

> Mille ennemis cruels affligent notre vie
> Toujours par nous maudite, et toujours si chérie;
> Notre cœur égaré, sans guide et sans appui,
> Est brûlé de désirs, ou glacé par l'ennui;
> Nul de nous n'a vécu sans connoître les larmes.
> De la société les secourables charmes
> Consolent nos douleurs, au moins quelques instans,
> Remède encore trop foible à des maux si constans.
> Ah! n'empoisonnons point la douceur qui nous reste.
> Je crois voir des forçats dans un cachot funeste,
> Se pouvant secourir, l'un à l'autre acharnés,
> Combattre avec les fers dont ils sont enchaînés.

Tout ce morceau fait honneur au grand poëte qui en est l'auteur. La peinture de nos maux, également vive et touchante, pénètre l'ame d'une aimable tristesse qui l'attendrit délicieusement. La comparaison de ces forçats, acharnés l'un *sur* l'autre, et combattans avec leurs fers, est admirable, et porte l'empreinte du génie: elle nous étonne par sa force, et nous éblouit par sa nouveauté. Ces sortes de traits décèlent toujours un pinceau créateur. Il est plus aisé de critiquer cent pages, que de faire trois vers tels que ceux-là.

QUATRIÈME PARTIE.

DANS le premier chant, le poëte établit l'existence d'une loi naturelle; dans le second, il réfute les objections que l'esprit humain, toujours indocile et toujours aveugle, forme contre cette loi; dans le troisième, à travers un labyrinthe obscur de sophismes, de railleries et de satyres, on entrevoit que le dessein de l'auteur est d'établir la religion naturelle, comme la seule qui soit nécessaire aux hommes; le quatrième chant, entièrement isolé et séparé des trois autres, contient des préceptes pour les rois, sur la conduite qu'ils doivent tenir à l'égard des disputes de religion. Ainsi, dans les deux premiers chants, le poëte est philosophe; théologien dans le troisième; politique et législateur dans le dernier. Suivons ce grand homme dans la nouvelle carrière qu'il ouvre à son génie. Nous l'admirerons souvent; nous oserons quelquefois le combattre, mais toujours avec le respect que l'on doit à un homme aussi célèbre.

Oui, je l'entends souvent de votre bouche auguste :
Le premier des devoirs, grand prince, est d'être juste;
Et le premier des biens est la paix de nos cœurs.
Comment avez-vous pu, parmi tant de docteurs,
Parmi ces différends que la dispute enfante,
Maintenir dans l'état une paix si constante?

L'auteur ouvre majestueusement l'entrée de cette quatrième partie par deux grandes maximes : voici ce début : « Le premier devoir c'est d'être juste, le pre-
» mier bien c'est la paix. Grand prince, comment avez-
» vous pu maintenir la paix dans votre état »?

1°. Je crois qu'il n'y a point assez de liaison entre ces deux maximes et l'idée dont elles sont suivies; ce sont des pensées un peu trop coupées. La poësie, sans être assujettie à des liaisons scrupuleuses qui l'énerveroient, exige cependant une suite de pensées liées ensemble par un rapport commun et facile à saisir. La poësie didactique, surtout, ayant une manière plus uniforme, ne veut rien de tranchant dans l'assortiment de ses couleurs.

2°. Le style de ces vers me paroît foible et prosaïque; le troisième vers a je ne sais quoi de languissant. *De nos cœurs* semble ajouté par remplissage; la pensée seroit entière de cette façon: *Et le premier des biens est la paix.*

Parmi tant de docteurs; parmi ces différends; une paix si constante. Toutes ces expressions me paroissent convenir beaucoup plus à la prose qu'à une poësie noble.

> D'où vient que *les enfans de Calvin, de Luther,*
> *Qu'on voit de là les monts, bâtards de Lucifer;*
> . . . .
> . . . .
> *Qui jamais dans leur loi n'ont pu se réunir,*
> *Sont tous, sans disputer, d'accord pour vous bénir;*
> C'est que vous êtes sage et que vous êtes maître.

M. de V**, enivré de la brillante réputation que lui ont acquis tant d'ouvrages immortels, s'est sans doute persuadé à lui-même que toutes les phrases qui passeroient par son imagination, et auxquelles, de distance en distance, il voudroit bien donner l'ornement d'une rime, avoient, par leur naissance même, des droits incontestables au titre superbe de poësie. Les prétendus vers que je viens de citer sont de ce nombre; ils n'ont ni l'exactitude, ni la noblesse, encore moins l'harmonie qui convient aux vers d'un si grand poëte. L'auteur lui-même a trop de goût pour leur donner d'autre nom que celui d'une prose rimée.

Qu'on voit de-là les monts, bâtards de Lucifer: de-la les

monts, pour dire *au-delà des monts*. Cette manière de s'exprimer me paroît déplacée hors de la conversation, ou d'un conte très-familier. *Qu'on voit bâtards de Lucifer*. Cette phrase est-elle françoise? M. de V** a reproché au grand Rousseau d'avoir corrompu la pureté de son langage dans les pays étrangers. Plus on s'intéresse à notre littérature, plus on craindra que la même rouille n'infecte l'auteur de ce poëme. *Bâtards de Lucifer*; cette expression a-t-elle d'autre mérite què de tourner en ridicule le sentiment de Rome sur les hérésies de Calvin et de Luther? Elle pourroit peut-être avoir encore un avantage; ce seroit de nous rappeler ces temps où, suivant Despréaux,

> Le Parnasse parloit le langage des halles.

Quoi qu'il en soit, je doute qu'il y ait assez de sel dans cette expression pour en faire supporter la bassesse.

> Si le dernier Valois, hélas! avoit su l'être,
> Jamais un jacobin, guidé par son prieur,
> De Judith et d'Aod fervent imitateur,
> N'eût tenté dans Saint-Cloud sa funeste entreprise.

L'auteur remarque, avec beaucoup de justesse, que ce fut la foiblesse de Valois qui entretint et fomenta les fureurs de la Ligue. Ce prince foible et malheureux caressa long-temps et nourrit lui-même le monstre qui devoit un jour le dévorer; mais en rappelant l'exécrable parricide du fanatique Clément, pourquoi, à côté de cet horrible meurtre, citer les exemples sacrés de Judith et d'Aod? Il semble que le poëte veuille répandre sur ces personnages saints une partie de l'horreur dont le nom de ce parricide sera éternellement flétri. L'Histoire du

Peuple Juif nous présente plusieurs actions qui paroissent choquer les règles ordinaires de la justice humaine, et qui cependant ont été ou commandées ou approuvées de Dieu même. Les biens, les possessions, les trésors, le sang et la vie de tous les hommes, appartenant de droit à l'être infini, il peut, quand il lui plaît, suspendre le cours ordinaire des lois établies par lui-même. C'est ce qu'il a fait autrefois dans quelques occasions, dans les temps où la divinité se manifestoit aux hommes d'une manière plus marquée : c'étoit des coups de tonnerre qu'il frappoit de temps en temps, pour réveiller les hommes assoupis, et pour les faire souvenir de sa domination souveraine.

Mais Valois aiguisa le poignard de l'église.

Il est injuste d'attribuer à l'*église* la barbare superstition d'un furieux imbécille, et de quelques monstres fanatiques. Ce n'est point là l'église; jamais ses mains pures et innocentes n'ont été armées d'un poignard; loin d'immoler ses rois, elle a toujours embrassé leur défense; ses vrais enfans ont respecté le sceptre, même dans des mains profanes et idolâtres. Mourir, et en mourant bénir leurs bourreaux, voilà ce qu'ils ont dû faire, et ce qu'ils ont toujours fait. Ceux qui, au lieu de verser leur propre sang, ont fait couler le sang des autres, sont des monstres qu'elle désavoue avec horreur, et qu'elle vomit hors de son sein.

Toutes les factions à la fin sont cruelles;
Pour peu qu'on les soutienne, on les voit tout oser:
Pour les anéantir, il les faut mépriser.

Je crois que la maxime contenue dans ce dernier vers est toujours fausse, soit qu'il sagisse des factions d'état, d'état, ou des querelles de religion. Tout ce qui est faction s'enhardit par l'indulgence, et s'irrite par la persécution. C'est un monstre qui mord lorsqu'on le flatte, et qui déchire avec fureur lorsqu'on l'attaque; pour le dompter, il faut l'accabler de fers. Si vous regardez ses ravages d'un œil tranquille, ou que vous insultiez à sa fureur par un ris dédaigneux, il prend votre indifférence pour foiblesse, et vos mépris pour un outrage. L'Angleterre, ce pays orageux, et si fertile en révolutions, soit dans l'état, soit dans l'église, peut nous en fournir des preuves et des exemples. On peut comparer une faction à un feu dévorant qui, ne trouvant point d'obstacles, porte par tout le ravage et l'horreur, jusqu'à ce qu'enfin il rencontre la barrière d'un mur impénétrable, contre lequel il s'arrête, et qu'il noircit, ne pouvant le consumer.

Qui conduit des soldats, peut gouverner des prêtres.

Je remarque, 1°. que cette maxime, jetée au hasard, n'a aucune liaison ni avec ce qui précède, ni avec ce qui suit. C'est une saillie détachée, semblable à une flèche rapide lancée tout-à-coup, et qui, vue dans le milieu des airs, paroît isolée et ne tenir à rien. 2°. L'auteur fait ici une comparaison dédaigneuse entre les ministres pacifiques de la religion, et les ministres redoutables des vengeances des rois. Mais quel est le but de cette comparaison? et que nous apprend-elle? Elle ne tend qu'à nous représenter le clergé comme un corps indocile, mais foible; factieux, mais impuissant. Le germe de toutes ces idées est contenu dans ce vers caustique et brillant. On ne s'arrêtera point ici à dissiper les préjugés de certains hommes contre le clergé. Ceux qui savent respecter la religion, savent aussi respecter ses ministres. On convient, avec l'auteur, que le prêtre ne peut opposer aucune défense à l'autorité toute-puissante du prince: il est sujet ainsi que le soldat; réunis tous deux aux pieds du même trône, ils y sont liés par la même chaîne; mais la dépendance ne l'oblige point à trahir la vérité. Il doit tout à son prince, excepté le sacrifice de sa loi.

L'œil du maître suffit; *il peut tout opérer.*

Le second hémistiche, foible et prosaïque, se traîne languissamment. M. de V** a dit ailleurs avec plus de précision:

L'œil du maître peut tout; c'est lui qui rend la vie
Au mérite expirant sous la dent de l'envie.

D'ailleurs, le terme d'*opérer* ne me paroît point assez noble pour entrer dans la grande poësie.

L'heureux cultivateur des présens de Pomone,
Des filles du Printemps, des présens l'Automne,
Maître de son terrein, ménage aux arbrisseaux
Les secours du soleil, de la terre et des eaux,
Par de légers appuis, soutient leurs bras débiles,
Arrache impunément les plantes inutiles;
Et des arbres touffus, dans son clos renfermés,
Emonde les rameaux de la séve affamés, etc.

Un esprit méthodique pourroit peut-être désirer un peu plus de liaison entre cette ingénieuse allégorie et les vers qui la précèdent. Le fil des idées est coupé avec trop de rapidité; il faut que l'imagination du lecteur fasse un saut précipité, pour suivre celle du poëte. M. de V** après avoir mis dans la balance la conduite des rois sur les disputes de religion, et prononcé, d'un ton de philosophie, des maximes politiques sur ce grand sujet, passe tout-à-coup au droit des princes sur les biens de leurs sujets, et surtout de ceux qui président aux autels. Nous ne dirons rien ici de cette question importante et délicate. Il faut craindre de remuer des cendres éteintes, où des esprits inquiets pourroient peut-être trouver quelques reste de feu. L'auteur couvre ses idées sous le voile ingénieux d'une brillante allégorie. Il compare un roi à un jardinier industrieux, qui, cultivant également toutes ses plantes, et leur procurant tous les secours qui leur sont nécessaires, a droit d'exiger de chacune d'elles, une portion de leurs fruits dont elle sont trop chargées. Tout ce morceau est parfaitement versifié : une poësie exacte et pleine d'harmonie y est animée par une imagination heureuse : je ferai seulement quelques remarques légères sur les deux premiers vers.

1°. Peut-on dire, *le cultivateur des présens de Pomone et des filles du Printemps?* on dit fort bien *le cultivateur d'une terre, d'un jardin;* je doute qu'on puisse unir ce terme avec *présens de Pomone et filles du Printemps.*

2°. *Des présens de Pomone : des présens de l'Automne.* Ces deux expressions signifient une même chose; le second hémistiche ne fait que répéter des syllabes sans donner de nouvelles idées. Il est fait pour la rime, et est superflu pour le sens.

Son voisin Jardinier n'eut jamais la puissance
De préparer des cieux la maligne influence;
De maudire les fruits pendans aux espaliers,
Et de sécher d'un mot ses vignes, ses figuiers.

Il est inutile de remarquer que ces vers, et surtout les derniers, sont foibles et languissans, sans grâces, ainsi que sans harmonie. On s'aperçoit facilement qu'ils contiennent une satyre de la puissance ecclésiastique; mais j'ignore quels sont les abus que l'auteur y prétend fronder. Il représente cette puissance comme une peste cruelle qui désole, qui ravage et qui porte par tout la malédiction et l'horreur; mais l'auteur sous ces idées, ne combat qu'un fantôme qui n'a point de réalité. Nous ne sommes plus dans ces siècles où la puissance ecclésiastique vouloit asservir et enchaîner la puissance civile : où des pontifes, couvrant des intérêts humains du voile sacré de la religion, déposoient les rois, lançoient la malédiction sur les empires, et brisoient les liens qui attachent les sujets à leurs souverains. Depuis long-temps, des lois utiles et nécessaires ont fixé les limites de la puissance ecclésiastique. Renfermée dans le ministère de paix et de sainteté qui concerne les autels; médiatrice pacifique entre Dieu et l'homme, elle n'étend son autorité que sur les esprits. Elle respecte dans les rois, les images de Dieu; dans les magistrats, les images des rois. Elle abandonne à la puissance civile les affaires temporelles: elle lance encore des anathêmes, mais ce n'est que sur les crimes: elle ferme aux hommes impies les sources des biens et des trésors; mais elle ne les prive que des biens invisibles et des trésors spirituels.

Malheur aux nations dont les lois opposées
Embrouillent de l'état les rênes déréglées.

Le grand Rousseau accusoit M. de V** de vouloir anéantir la rime dans la versification françoise. Il n'auroit pas sans doute approuvé qu'on fît rimer *opposées* avec *déréglées ;* on ne trouvera l'exemple d'une pareille licence dans aucun de nos plus grands versificateurs.

> Le sénat des Romains, ce Conseil de vainqueurs,
> Présidoit aux autels, et gouvernoit les mœurs;
> Restraignoit sagement le nombre des Vestales,
> D'un peuple extravagant régloit les bacchanales;
> Marc-Aurèle et Trajan mêloient au champ de Mars,
> Le bonnet de Pontife au bandeau des Césars.

1°. Je ne crois pas que jamais il ait été besoin parmi les Romains de faire aucune loi pour restraindre le nombre des Vestales; le nombre en étoit réglé. Numa en institua quatre; depuis, on en ajouta deux autres : elles étoient obligées de servir les autels de la déesse pendant trente ans. Pendant tout ce temps, elles etoient asservies aux lois d'un austère célibat. Convaincues d'avoir transgressé cette loi, on les enterroit toutes vivantes. Cet horrible supplice, et le devoir austère dont on punissoit ainsi l'infraction, étoient des motifs assez puissans pour restraindre le nombre de ces vierges sacrées, sans le secours d'aucune loi, surtout dans un siècle et dans une religion idolâtre, où les hommes ne connoissoient point encore les grandes idées de vertu que la religion chrétienne apporta depuis sur la terre.

2°. Il est vrai que les empereurs romains, depuis Auguste jusqu'à Constantin, rois et pontifes en même-temps, unirent dans une même main le sceptre et l'encensoir, la puissance absolue sur l'empire et la domination souveraine des autels. Quoi donc ! faudra-t-il en conclure, que dans le sein du christianisme, tous les princes devroient également réunir ces deux puissances? Mais pour établir ce nouveau système, il faudroit commencer par anéantir la religion chrétienne. Jésus-Christ a élevé sur la terre un tribunal dépositaire de de la puissance spirituelle. C'est de ce tribunal que partent tous les oracles de la doctrine : les rois doivent défendre et protéger ces oracles, mais ils ne peuvent les changer ni les altérer. Les ministres des autels sont soumis par leur naissance, à l'autorité du trône : ils sont sujets, parce qu'ils sont citoyens; mais lorsqu'il s'agit des mystères de la foi, l'autorité du trône est soumise à celle de l'église. Alors la religion commande aux rois eux-mêmes, et fait courber leurs têtes sous son joug sacré. Leur gloire est d'en être les protecteurs et non pas les arbitres.

L'univers, reposant sur leur heureux génie,
Des guerriers de l'Église ignora la manie.
Les Grecs et les Romains, d'un saint zèle enivrés,
Ne combattirent pas pour des poulets sacrés.

1°. *Sur leur heureux génie* : hémistiche dur et qui choque l'oreille.

2°. *Reposer sur l'heureux génie de quelqu'un* cette phrase est-elle françoise?

3°. L'auteur prétend que c'est le sage gouvernement de ces rois-pontifes qui empêchoit, parmi ces idolâtres, les guerres de religion : mais il ne peut disconvenir que tous les empereurs de Rome n'ont point ressemblé à Trajan et à Marc-Aurèle. Le plus grand nombre de ces empereurs ont été ou des tyrans imbécilles, ou des monstres voluptueux, qui tous incapables de porter ce grand fardeau de l'empire romain, l'ont laissé avilir et déchirer, dormant dans la mollesse ou dans le sang, jusqu'à l'instant où quelqu'heureux scélérat venoit les égorger, pour usurper le trône et l'avilir à leur tour. Quoi donc! est-ce la sagesse et *l'heureux génie* de ces princes, qui a empêché dans Rome idolâtre les guerres de religion?

> Mais je pretends qu'un roi, que son devoir engage
> A maintenir la paix, l'ordre, la sureté,
> A, sur tout ses sujets, égale autorité.

La pensée contenue dans cette prose rimée est très-juste. L'autorité du prince est égale sur tous ses sujets, sur le ministre des autels ainsi que sur l'artisan et le soldat. Mais cette autorité ne s'étend point sur la doctrine. Je l'ai déjà dit : l'église a une autorité établie sur un droit divin, qui, sur les mystères de la foi, ne reçoit de règle de personne, et qui en prescrit à l'univers.

> La loi, *dans tout état, doit être* universelle;
> Les mor*tels, tels* qu'ils *soient,* sont égaux devant elle;
> Je n'en dirai pas plus sur ses points délicats.

Ces trois vers, familiers et prosaïques, sont remplis d'une foule de monosyllabes qui les rendent durs et fatiguans pour l'oreille. L'harmonie est l'ame de la belle poësie.

> Mon esprit suit le vôtre, et ma voix vous répète.

Les expressions du premier hémistiche ne sont point naturelles; je doute que la phrase du second soit françoise. Peut-on dire en effet : *ma voix répète quelqu'un ?*

> Que conclure à la fin de tous mes longs propos?
> C'est que les préjugés sont la religion des sots.

On pourroit peut-être dire à M. de V * * qu'il n'étoit point nécessaire de faire six cents vers, pour en tirer à la fin une conclusion si triviale et si rebattue. C'est construire, à grands frais, un palais magnifique pour y loger une fourmi. Mais il s'en faut de beaucoup que ce soit là toutes les conclusions que l'on puisse tirer de ce poëme. On en peut déduire plusieurs conséquences beaucoup plus dangereuses : l'auteur les déguise et les enveloppe sous un voile transparent, sûr qu'elles ne peuvent échapper à personne. Il est inutile, par la même raison, de s'arrêter ici à les détailler; les réflexions répandues dans le corps de l'ouvrage, détruisant les principes, feront sentir le vide et la frivolité des conséquences.

La paix, enfin la paix, *que l'on trouve et qu'on aime*,
Est encore préférable à la vérité même.

Si ce principe étoit généralement vrai, il s'ensuivroit qu'un homme, qui, par état, est obligé de défendre la vérité, pourroit, sans se rendre coupable, sacrifier son devoir à sa propre tranquillité. Je ne crois cependant pas que l'auteur lui-même voulût admettre cette dangereuse conséquence, qui suit de sa maxime générale. Sans doute il n'est pas permis de persécuter les hommes, pour faire régner la vérité. Son triomphe, qui doit être un triomphe de paix, ne peut être fondé sur le meurtre et sur les ravages : il lui faut des apôtres et non pas des bourreaux. Le flambeau de la guerre n'a jamais pu servir à allumer le flambeau sacré de la vérité. Malheur à ces ames cruelles et persécutrices, qui ne cherchent à persuader qu'en répandant le sang des hommes! mais cette même vérité qui nous défend de persécuter

persécuter les autres, pour étendre son empire, nous oblige de nous sacrifier nous-même pour elle, lorsque nous la connoissons. Dès que nous nous trouvons dans quelqu'une de ces circonstances délicates, où il faut choisir entre le parti de la vérité et tous les intérêts humains, abandonner alors la vérité, c'est être coupable : lui préférer quelque chose, c'est la trahir : on lui doit immoler tout, et son repos, et sa fortune, et son honneur. Le sang qui coule dans nos veines, ce sang lui-même n'est plus à nous, dès que la vérité le réclame, et qu'elle en a besoin pour sa défense. Il est des esprits foibles, il est des cœurs timides et rampans, qui ne peuvent s'élever jusqu'à ces devoirs sublimes. De tels sentimens sont faits pour les grandes ames : et, je le dis à la gloire de l'humanité, dans tous les siècles, il s'est trouvé des hommes qui ont donné à la terre ces exemples admirables.

Je vois, sans m'alarmer, l'éternité paroître,
Et je ne pense pas qu'un Dieu qui me fit naître,
Qu'un Dieu qui, sur mes jours, versa tant de bienfaits,
Quand mes jours sont éteins, me tourmente à jamais,

Le déiste épouvanté du terrible avenir que lui présente une éternité malheureuse, tâche de combattre ou d'affoiblir cette affreuse et lugubre vérité. Ami du genre humain, il voudroit, s'il étoit possible, l'affranchir d'une terreur superstitieuse, qui mettant un frein incommode aux passions humaines, empoisonne les douceurs de la vie et multiplie les horreurs de la mort. Contre les menaces foudroyantes de la révélation, qui lui montre des abymes éternels ouverts sous ses pieds, il invoque à grands cris le secours bienfaisant de sa raison, et cherche jusques dans les perfections infinies de l'Etre suprême, des raisons pour combattre ce que cet Etre suprême nous a révélé. Selon le déiste, l'éternité des peines blesse également et la bonté et la justice de Dieu.

1°. « Dit-il, un Dieu infiniment bon ne peut avoir » créé des êtres que pour les rendre heureux. Il ne » sauroit donc les laisser en proie à des tourmens » éternels ».

2°: « Dieu est un Etre infiniment juste. Or, quoi » de plus opposé à la justice, que de punir, par des » supplices éternels, des plaisirs passagers »!

Telles sont les deux plus fortes objections du déiste contre l'éternité des peines. Ce sont-là, pour ainsi dire, les deux ancres sur lesquelles il s'appuye, pour s'assurer contre la tempête éternelle qui le menace.

La première objection est fondée sur ce principe, que Dieu, en créant des êtres intelligens, n'a pu avoir d'autre intention que celle de les rendre heureux. Mais 1°. ce principe, qui fait la base de l'objection, est supposé gratuitement et sans aucune preuve. Nous ignorons très-souvent les intentions des hommes, dans le temps même que nous les voyons agir; nous tâchons inutilement de percer la nuit profonde qui couvre leurs desseins. Et cependant presque tous les hommes ont à-peu-près la même portion d'idées, sont agités par les mêmes désirs, portent en eux les principes des mêmes combinaisons, et dans les mêmes circonstances font presque mouvoir les mêmes ressorts. Comment donc connoîtrions-nous les desseins de Dieu, ces desseins si sublimes et formés, avant tous les temps, dans le sein majestueux de l'éternelle sagesse?

(a) 2°. Quoique la bonté soit un attribut essentiel à la divinité, cependant on n'a point droit d'en conclure que Dieu n'a pu avoir d'autre intention en créant les êtres intelligens, que de les rendre heureux. En effet, sur quel fondement donne-t-on ainsi à la bonté de Dieu, une espèce d'empire sur tous ses autres attributs, de façon que toutes les autres perfections de l'Etre suprême ne deviennent que des ministres et des agens subordonnés à la bonté? Toutes les perfections de Dieu, étant infinies, sont toutes égales: étant égales dans leur nature, elles doivent l'être dans leurs opérations. Ainsi, lorsque Dieu forma l'auguste décret de de produire des êtres qui existassent hors de lui, la bonté sans doute influa sur ce décret; mais la sagesse et la justice y eurent aussi part. Il voulut manifester, non sa bonté seule, mais toutes ses adorables perfections. Ces vues générales sont très-conformes à l'idée d'un Etre souverainement parfait. Mais si Dieu a créé l'homme pour manifester tous ses attributs, la bonté n'est donc pas la seule de ses perfections dont il exercera des actes envers l'homme. Cet homme qu'il a créé peut donc devenir aussi l'objet de sa justice, puisque la justice divine est un attribut primitif, qui va de pair avec les autres, qui entre dans les desseins de Dieu, de concert avec la sagesse et la bonté, et que ses droits sont aussi inaliénables que les droits de ces deux dernières perfections.

(a) Formey, 1, *Lettre sur l'éternité des peines.*

(a) 3°. Au principe de la bonté, substituons *l'amour de l'ordre* : principe plus général et bien moins arbitraire. Les idées de l'ordre sont distinctes, et tout le monde convient que les opérations de l'Etre suprême s'y rapportent. M. Formey, dans ses mélanges philosophiques, définit l'ordre ; *la conformité avec toutes les perfections de Dieu, et avec le plan éternel de ses ouvrages.* Dieu a tout créé dans l'ordre qu'il avoit éternellement conçu. Dans le système physique, rien ne s'en écarte : il n'en est pas de même dans le sytème moral. Dieu ayant créé des êtres libres, ils ont le pouvoir de suivre l'ordre, ou de s'en écarter. Quel est le principe par lequel Dieu agit envers ces êtres sortis de l'ordre ? Il est naturel de dire que c'est l'amour de l'ordre ; alors toutes les perfections de Dieu opèrent. La sagesse cherche des moyens pour ramener les hommes à l'ordre : la bonté donne à ces moyens toute l'efficacité dont ils sont susceptibles dans le plan que Dieu s'est proposé. Mais Dieu ne voulant point donner atteinte à la liberté, si tous ces moyens échouent, la justice entre dans ses droits ; elle punit, non par vengeance, mais parce que l'ordre le demande.

4°. Cette objection, *Dieu étant infiniment bon, ne peut condamner les créatures à des tourmens éternels ;* dans le fond, se réduit à celle-ci : *L'infinie bonté de Dieu doit anéantir, ou du moins limiter sa justice.* Mais ces deux attributs n'ont rien de commun l'un avec l'autre. La bonté consiste à faire du bien : la fonction de la justice est de maintenir l'ordre, de rendre à chacun

---

(a) Formey, 1. *Lettre sur l'éternité des peines.*

selon ses œuvres; par conséquent de punir les perturbateurs de l'ordre, et les transgresseurs des lois divines. Ce sont deux perfections distinctes, et qui chacune ont leur empire séparé. D'ailleurs, une perfection de Dieu n'anéantit point l'autre. L'exercice de la justice ne doit pas être limité, et comme anéanti par celui de la bonté : l'une ne sauroit enlever à l'autre ses objets. Enfin, quand une perfection de Dieu pourroit en limiter une autre, Dieu étant un être souverainement libre, il pourroit à son gré faire céder ou la justice à la bonté, ou la bonté à la justice. Or, ces deux perfections étant également infinies dans Dieu, Dieu ayant une égale liberté pour ces deux choix, la raison seule ne pourroit nous apprendre quelle est celle de ces deux perfections que Dieu a fait céder à l'autre. Nous ne pourrions savoir cela que par la révélation; mais cette révélation nous apprend que les bornes de notre vie sont les termes que Dieu a mis à sa bonté envers l'homme coupable, et qu'au-delà de ce terme fatal, l'homme devient tributaire de la justice, dans l'empire de laquelle il entre pour ainsi dire alors.

5°. Le déiste prétend qu'on doit juger de la bonté divine par les idées communes que l'esprit humain se forme de la bonté. Mais d'abord, que répondroit-il, si nous lui soutenions, avec certains philosophes, que l'homme ne peut avoir aucune idée des esprits, ni par conséquent d'un esprit éternel et infini ? Or, si on ne connoît point l'essence de l'Etre suprême, combien moins peut-on connoître ses attributs ? Cependant, c'est ainsi qu'a pensé le fameux P. Mallebranche qui, au jugement de Bayle lui-même, est un des plus sublimes esprits du dernier siècle. Tel est aussi le sentiment de Loke, qui occupe un rang distingué parmi les philosophes modernes. Les hommes, aussi présompteux qu'ils sont foibles, jugent des perfections infinies de l'Etre suprême, par analogie avec leurs vertus imparfaites : mais l'infini peut-il être apprécié, mesuré, combiné par le fini ? La foiblesse de l'esprit humain peut-elle déterminer jusqu'où les perfections infinies de Dieu peuvent étendre leur sphère d'activité? Sommes-nous juges compétens pour oser assigner leurs fonctions, régler leurs vues, combiner leurs opérations, enfin pour oser prononcer que la bonté de Dieu consiste nécessairement à agir de telle ou de telle manière ? Nous savons en général que Dieu est bon, qu'il est juste, mais c'est-là que se bornent nos connoissances. Nous ignorons absolument quelle est la règle et l'étendue de ses perfections ; et nous l'ignorons, parce que les attributs de Dieu sont infinis, et que les lumières de l'homme sont bornées.

6°. Lorsque je soutiens que la raison humaine est trop foible pour déterminer ce qui convient réellement, ou ce qui est opposé aux attributs de l'Etre infini, je ne fais que soutenir le sentiment des plus savans hommes, de ceux même qui ont été les plus zélés défenseurs de la raison.

Voici comment s'exprime Bayle (*a*) : « Notre raison » n'est propre qu'à brouiller tout, qu'à faire douter » de tout ; elle n'a pas plutôt bâti un ouvrage, qu'elle

(*a*) Dictionnaire de Bayle, *art. Bunel.* page 740, col. 1. édit, Rotterdam, 1720.

» vous montre les moyens de le ruiner. C'est une véritable Pénélope, qui, pendant la nuit, défait la toile qu'elle avoit faite pendant le jour. Ainsi, le meilleur usage qu'on puisse faire de la philosophie, est de connoître qu'elle est une voie d'égarement, et que nous devons chercher un autre guide, qui est la lumière révélée ». Le même auteur dit encore : (*a*) « Comment M. le Clerc pourroit-il condamner ceux qui lui diroient, qu'ils n'ont point d'idée de la bonté de Dieu, et que cependant ils croyent que Dieu est bon? Je ne ferois point difficulté de lui avouer, non point que je n'ai aucune idée de la bonté de Dieu, mais que l'idée que j'en ai est imparfaite et confuse, ce qui n'empêche pas que je ne croye que Dieu est bon ».

Et plus bas il ajoute : (*b*) « Tous les théologiens orthodoxes nous apprennent que pour savoir si une certaine conduite est une imperfection ou bien une perfection à l'égard de Dieu, il faut consulter la révélation et l'expérience, et non pas les idées spéculatives que nous avons dans l'esprit, qui nous tromperoient à coup sûr ».

Bayle n'est pas le seul qui ait parlé si positivement sur ce sujet. Jaquelot, savant ministre, tient le même langage; voici ses propres termes : (*c*) « La prééminence de Dieu est infiniment au-dessus des créatures; de

(*a*) Bayle, *Entretiens de Maxime et de Thémiste, seconde partie*, pag. 122.

(*b*) pag. 123.

(*c*) Jaquelot, *Examen de la Théologie de Bayle*, pag. 512.

» sorte que ce seroit une folie aux hommes de pré-
» tendre entrer dans toutes les vues de Dieu, et de
» vouloir prescrire des règles à la providence, con-
» formes aux maximes que les hommes observent en-
» tr'eux, et par lesquelles ils sont liés mutuellement ».

Jurieu, un des plus fameux ministres de Hollande, est du même sentiment. Bien loin de penser que les notions communes doivent être suivies en matière de religion, il dit positivement : (*a*) « Qu'établir pour
» principes de foi les notions communes, c'est livrer
» la religion pieds et poings liés, aux hérétiques et
» aux impies, et que le principe des rationaux, se-
» lon lequel il ne faut rien croire sans évidence, con-
» duit au pyrrhonisme et au déisme ».

(*b*) Saurin, ce prédicateur célèbre, si connu par sa vaste érudition, et par son éloquence forte et rapide, soutient de même que la foible raison de l'homme n'est point assez pénétrante pour découvrir la conformité qu'il doit y avoir nécessairement entre les vérités éternelles et certaines vérités révélées.

Luther, lui-même, ce génie bouillant et audacieux, dont le caractère emporté a rompu tous les freins qui pouvoient captiver sa superbe indépendance, a cependant respecté ce frein que l'autorité met à la raison humaine.

« (*c*) Si, dit-il, la justice divine étoit telle, que

(*a*) Jurieu, *Religion du Latitudinaire*, pag. 390.

(*b*) Saurin, tom. 1, pag. 201, 217 et 223. Tom. 2. Serm. 2. Tom. 3, pag. 361.

(*c*) Luther, *De serv. arbit* cap. 195, pag. 383, *Edit. Neustad.* 1603, *in-8.*

» l'esprit

» l'esprit humain en pût juger, elle ne seroit pas di-
» vine, et ne différeroit point de celle des hommes;
» mais puisque Dieu est incompréhensible à la rai-
» son humaine, l'ordre, et même la nécessité, veulent
» que nous ne puissions comprendre sa justice ».

(a) Melancton et Calvin, à l'occasion de la permission du péché, prétendent également que si nous ne pouvons la concilier avec les attributs divins, nous devons en accuser notre foiblesse et notre ignorance, sans vouloir vainement pénétrer des choses que Dieu a retirées dans le sein de sa lumière inaccessible.

(b) Abbadie, dans son ouvrage immortel de la vérité de la religion chrétienne, ouvrage si connu et si digne de l'être, dit : « Qu'encore que les mystères
» ayent un côté lumiuenx, ils sont impénétrables à
» notre esprit, et qu'il n'est ni sûr, ni permis, ni
» possible d'en sonder la profondeur ».

(c) Régis, auteur célèbre, en paraphrasant la doctrine de Descartes, sur la liberté de l'homme, nous avertit d'éviter le dangereux écueil de la plupart des

---

(a) *Et si autem homines acuti multa hic inextricabilia colligunt, tamen nos omissis praestigiis disputationum, veram sententiam toto pectore amplectamur, et teneamus testimonia de eâ tradita divinitus, etiamsi non possumus omnes argutias quae opponuntur, extricare.* Melancton, *in locis Theol.* pag. 67. *Ed. Basil.* 1555.

Calvin, *Traité de la prédestination*, pag. 1431, *de ses Opuscules*, éd. de Genève, 1611.

(b) Abbadie, *tom.* 2, *pag.* 408.

(c) Régis, *Syst. de Philosoph.*, tom. 1, édit. de Lyon, 1691, *in*-12, ch. 22 de la 2 partie du 2 liv. de la Métaphysique, p. 486.

philosophes, qui, ne pouvant réussir à comprendre les rapports qui sont entre notre liberté et la prescience de Dieu, tombent dans des opinions, ou sacriléges, ou impies.

Jean le Clerc, dans ses fameuses disputes contre Bayle, après avoir mis tout en œuvre pour soutenir les droits de la raison humaine, et soumettre la révélation à l'évidence, a été lui-même contraint, (*a*) suivant l'expression de Bayle, de venir enfin sacrifier les lumières de la raison au pied du trône de la majesté suprême de Dieu.

Un des plus hardis écrivains d'entre les catholiques, et qu'assurément on ne peut accuser de penser avec timidité, (*b*) Simon, dans ses Lettres choisies, soutient les mêmes priucipes.

(*c*) Nicole, cet homme d'une imagination si forte, dans un passage cité par Bayle, avec éloge, dit: « Que » c'est par la vérité des dogmes qu'il faut juger s'ils sont » cruels, et non par ces vaines idées, d'une prétendue » cruauté, qu'il faut juger de leur vérité. Tout ce que » Dieu fait ne sauroit être cruel, puisqu'il est la sou- » veraine justice : c'est donc à quoi nous devons borner » toutes nos recherches, et non pas prétendre juger si » Dieu a fait ou n'a pas fait quelque chose, par les » foibles idées que nous avons de la justice et de la » cruauté ».

(*a*) Bayle, *Réponse aux Questions d'un provincial*, tom. 4, pag. 27 et 28 de la Réponse à M. le Clerc.

(*b*) Simon, *Lettres choisies*, tom. 1, pag. 55 de la 2. édit.

(*c*) Nicole, *De l'unité de l'église*, liv. 2. ch. 11, pag. 332, éd. de Paris, 1687.

(*a*) Le fameux docteur Arnaud, pénétré du même principe, parle très-vivement contre ces esprits téméraires qui prétendent juger par la raison, de ce qui est ou plus ou moins digne de la sagesse de Dieu.

Un des plus illustres philosophes qu'ait produit la France, un homme qui réunissoit l'esprit le plus délié avec les plus profondes lumières, la raison la plus solide avec l'imagination la plus brillante, Mallebranche reconnoît de même la foiblesse de l'esprit humain; il soutient (*b*) « que Dieu ne nous donne des idées que pour » connoître les choses qui arrivent par sa conduite ordinaire, qui fait la nature, et que le reste nous est » caché; qu'ainsi il ne faut faire usage de son esprit » que sur des sujets proportionnés à sa capacité ».

Enfin S. Augustin, que l'on considère ici moins comme un grand docteur que comme un excellent philosophe; S. Augustin défend la même cause, c'est-à-dire, qu'un des plus grands esprits qui aient paru parmi les hommes, avoue l'insuffisance de la raison humaine. Voici ses paroles : (*c*) « Vous cherchez des raisons » où l'apôtre n'en a point trouvé; mais pour moi je » demeure effrayé de ce qui l'a effrayé lui-même. Je » vous laisse donc raisonner, mais pour moi, je crois.

(*a*) Arnaud, *Réflexions sur le syst. du P. Mallebranche*, t. 2, pag. 236.

(*b*) Mallebranche, *Recherche de la vérité*, liv. 3. ch. 8, p. 431.

(*c*) Serm. 27. *De verb. Apost.* num. 7.

Quaeris tu rationem, ego expavesco altitudinem : tu ratiocinare, ego miror. Tu disputa, ego credam; altitudinem video, ad profundum non pervenio. Si inscrutabilia scrutari venisti, et investigabilia investigare venisti, crede, nam peristi.

» Je vois un profond abyme, mais je n'arrive point » jusqu'à en voir le fond. Si vous entreprenez de péné» trer ce qui est impénétrable, et de comprendre ce » qui est incompréhensible, arrêtez-vous, et contentez» vous de croire, autrement vous êtes perdu ».

De toutes ces autorités réunies, il s'ensuit que les hommes les plus savans, même parmi les protestans, dont le caractère est d'accorder beaucoup plus à la raison qu'à la révélation, conviennent tous, que pour juger des attributs de Dieu, et des mystères de la religion qui y ont rapport, il ne faut point se régler sur les notions communes que s'est formées la raison humaine, parce que ces idées sont imparfaites, et que les attributs de Dieu sont infinis. Le déiste ne doit donc pas rejeter l'éternité des peines, sous prétexte qu'il ne peut la concilier avec les notions communes de la bonté et de la justice.

7°. Si le déiste s'obstine encore à juger de la bonté divine par les idées naturelles que nous avons de cette vertu, je lui démontre que son système s'écroule de lui-même, par les conséquences absurdes qui suivent de sa manière de raisonner; en effet, suivant les lumières communes de la raison, rien n'est si contraire à la bonté que la permission du mal moral et du mal physique. En consultant l'idée naturelle d'une bonté infinie, jamais le crime, jamais cette foule de maux, enfans et vengeurs du crime, ne devoient exister sur la terre. L'être infiniment bon, étant aussi infiniment puissant, avoit mille moyens de les empêcher; cependant le mal physique et le mal moral règnent sur notre globe : une funeste et malheureuse expérience ne nous prouve que trop leur existence; Dieu les ayant permis, il faut donc qu'une telle permission puisse s'accorder avec sa bonté; car, suivant l'expression de Bayle, *dans la conduite de Dieu, le fait entraîne le droit nécessairement.* Or, cette permission est entièrement incompatible avec la bonté que les notions communes font connoître à la raison humaine: ces notions communes ne sont donc point une règle juste, et qui puisse être appliquée à Dieu; puisque, si elle étoit juste, il s'ensuivroit qu'une chose qui existe réellement ne pourroit point exister. Le déiste, pour se dérober au coup inévitable que lui porte ce raisonnement, est obligé ou de nier l'existence du mal, ou de dire que, suivant les lumières de la raison, l'existence du mal est compatible avec une bonté infinie; voilà les deux seules ressources qui lui restent; qu'il choisisse, s'il ose, entre les deux.

8°. Il est impossible que le déiste accorde, avec les notions communes de la bonté, les peines de l'enfer, même passagères. En effet, suivant un raisonnement de Bayle (*a*), je demande au déiste: est-il conforme aux notions communes, qu'un être qui a un amour tendre pour tous les hommes, et qui leur destine à tous une éternelle félicité, leur fasse souffrir les tourmens les plus douloureux pendant cent millions de siècles? Sans doute sa raison se révoltera contre cette idée, et il me répondra que non. Je le contraindrai d'avouer la même chose à l'égard de cent millions d'années, puis à l'égard de vingt millions, et puis à l'égard de cent mille, et

(*a*) Bayle, *Réponse aux Questions d'un provincial*, tom. 4, pag. 45 de la Réponse à M. le Clerc.

ainsi de suite, jusqu'à ce qu'à force de reculer, il soit réduit à cinq ou six ans. Le déiste ne sera pas en sûreté dans ce dernier poste; et quand il réduiroit l'enfer à un quart d'heure de douleur, je lui prouverois encore que ce supplice si court est contraire aux idées naturelles que nous avons de la bonté, et surtout d'une bonté infinie; car, suivant les notions communes, un bon père, un bon maître, un bon ami, doivent, dès qu'ils le peuvent, délivrer du plus petit mal l'objet de leur amitié; s'ils ne le font pas, ou c'est par impuissance ou par caprice, ou par nécessité, pour procurer, à celui qui souffre, un bien qu'ils ne pourroient lui procurer autrement; or, on ne peut rien imaginer de semblable dans un Dieu infiniment parfait. Il est donc évident que, suivant les notions communes de la bonté, on seroit en droit d'en conclure qu'il ne peut y avoir pour les méchans aucuns supplices, même limités. Et alors, quelles horribles conséquences ne pourroit-on pas tirer de cet affreux système?

Mais permettons au déiste de rentrer dans le poste dont nous l'avons chassé; accordons-lui que, suivant les idées naturelles que nous avons de la bonté, des tourmens passagers peuvent s'accorder avec une bonté infinie : cette supposition sera pour nous une nouvelle source de triomphe ; et voici comme je raisonne. Les attributs de la divinité sont fixes et immuables; ainsi, ce qui, pendant un temps, est compatible avec un attribut essentiel de Dieu, ne doit jamais cesser de l'être tant que les mêmes raisons subsistent : il est aisé de faire l'application de ce principe. Que le déiste fixe lui-même la durée des peines; supposons, par exemple, un terme de cent ans. Selon le déiste lui-même, la bonté de Dieu, pendant ce temps, subsiste donc sans être blessée par les tourmens des créatures qui souffrent. Mais pourquoi cette même bonté ne pourroit-elle pas subsister également pendant un supplice de deux cents ans, si la justice l'exige ainsi? et si cette seconde centaine d'années ne répugne point à la bonté, pourquoi la troisième y répugneroit-elle, si la justice l'exige encore? et ainsi de suite pendant toute l'éternité; car, dès qu'une chose est incompatible avec l'être infiniment parfait, la vertu, qui forme son essence, empêche qu'il puisse faire cette chose, même dans un temps limité. Ainsi, par la raison des contraires, puisque, suivant le déiste lui-même, il est compatible avec cet être souverainement parfait, qu'il punisse, dans un temps limité, ceux qui ont mérité d'être punis pendant un temps limité; il est aussi très-compatible qu'il punisse, pendant toute l'éternité, ceux qui ont mérité de l'être ainsi.

J'ai donc prouvé deux choses; la première, qu'en suivant les notions communes de la raison, le déiste ne peut concilier avec une bonté infinie, des peines même passagères; la seconde, c'est que si le déiste accorde que des peines passagères, dès qu'elles sont méritées, ne répugnent point à la bonté de Dieu, il s'ensuit nécessairement que des peines éternelles, également méritées, ne répugneront point davantage à cette même bonté. Ainsi, de quelque côté que se tourne le déiste, il trouve par tout un glaive à deux tranchans qui le perce et le divise avec lui-même.

Il est inutile de s'arrêter davantage aux objections

que l'on tire de la bonté. On croit les avoir suffisamment détruites; car elles ne sont fondées que sur les notions communesde la raison. Or, on a prouvé que ces notions communes doivent être rejetées, lorsqu'il s'agit de juger de la conduite de Dieu. On l'a prouvé, 1°. par la foiblesse de l'esprit humain et l'immensité de Dieu; 2°. par l'autorité des plus savans hommes, et en même-temps des plus fiers partisans de la raison; 3°. par la contradiction qu'il y a entre ces notions communes et la permission du mal, tant moral que physique, dont l'existence cependant ne peut être révoquée en doute; 4°. parce que ces notions détruiroient même les peines passagères; 5°. enfin, parce que l'on ne peut admettre les peines passagères, sans être obligé d'admettre aussi les peines éternelles.

Je vais maintenant passer aux objections que l'on tire de la justice. Je commence d'abord par observer que tout ce qui a été dit sur les notions communes de la raison, au sujet de la bonté, peut de même s'appliquer à la justice. Tous les attributs de Dieu sont également au dessus de la raison humaine : ce principe une fois établi, toutes les objections s'écroulent, n'étant appuyées que sur le principe contraire qu'on doit juger des attributs de Dieu par les vertus de l'homme. Je pourrois donc, contre les attaques du déiste, me tenir dans ce retranchement, où il ne pourroit jamais venir à bout de me forcer. Voyons cependant si nous ne pourrions pas trouver des armes pour le combattre de plus près.

1°. On pourroit peut-être dire, avec le docteur Swinden et Tillotson, ce célèbre prélat d'Angleterre, qu'à proprement parler, la proportion entre le crime et la peine

peine n'est pas tant du ressort de la justice qu'une affaire de prudence, qui dépend de la sagesse du législateur, et la raison en est claire; car la juste détermination des peines dépend du rapport qu'elles ont avec le grand but du Gouvernement, qui est de faire observer les lois. Pour remplir ce but, il n'est pas nécessaire qu'il y ait une exacte proportion entre le crime et la peine; il suffit que la peine soit telle qu'il la faut pour le bien public; c'est-à-dire, qu'elle soit capable, en imprimant une juste terreur, de procurer, autant qu'il se peut, l'observation des lois, et d'empêcher que les hommes, séduits par leurs passions, ne soient portés à les enfreindre: ainsi, toute punition proportionnée à cette fin n'est point injuste. C'est donc sur cette fin qu'il faut mesurer l'éternité des peines. Or, je demande à cette foule d'hommes cruels, fourbes, dénaturés, adultères, incestueux, sacriléges et parricides, qui, tous les jours, inondent la terre de crimes; je leur demande quelle impression feroit sur leurs esprits, la menace d'une punition bornée et passagère, puisque, dans ces momens terribles de passions et de fureurs, souvent la crainte des peines éternelles ne peut arrêter leur farouche emportement; puisque, suspendus au-dessus des abymes éternels par un fil qui peut se rompre à chaque instant, on voit ces hommes, dans une affreuse sécurité, éguiser tranquillement le poignard qui doit égorger l'innocent. Que deviendroit donc le genre humain, si ce frein manquoit encore à sa perversité? Une fatale expérience nous prouve que l'éternité des peines, quelque terrible qu'elle soit, n'est pas trop forte pour nous détourner du crime. Cette punition est donc proportionnée au but que s'est proposé le législateur suprême, de prévenir, autant qu'il se peut, l'infraction de ses lois; si elle est proportionnée à ce but, elle n'est donc point injuste. L'expérience, en prouvant sa nécessité, en démontre la justice.

2°. Dieu menace les créatures d'une peine éternelle si elles sont coupables; mais en même-temps, si elles sont vertueuses, il leur promet une éternelle félicité. Infini dans toutes ses perfections, les opérations qui en émanent portent l'impreinte de l'infini; Dieu ne dément jamais ce qu'il est; s'il punit en Dieu, il récompense en Dieu. L'équilibre de la justice est donc observé exactement, puisque le crime est puni de la même manière que la vertu est récompensée, c'est-à-dire, d'une manière infinie. La félicité promise aux justes doit être la mesure des supplices réservés aux criminels; car l'être infiniment saint doit abhorrer le crime dans le même dégré qu'il aime la vertu. Où est donc l'injustice de menacer les hommes d'un supplice éternel, puisqu'en même-temps on leur promet un bonheur éternel dans sa durée, infini dans son objet? « Vous » trouvez bon, dit Mallebranche (*a*), que la récom- » pense éternelle porte le caractère de la divinité; » approuvez donc en Dieu les rigueurs éternelles ».

3°. Dès le premier instant qu'une créature commence d'exister, elle est destinée à exister éternellement; sa durée doit être infinie, son sort éternel. Telles sont les grandes destinées de l'homme; il a commencé d'être; mais dès cet instant, égal à Dieu par la durée, il ne

(*a*) *Entretien sur la mort*, pag. 307.

cessera plus d'exister. Mais ce présent infini, d'une éternelle existence, nous l'avons reçu sous deux conditions; l'une, que nous serions éternellement heureux si nous étions vertueux; l'autre, que nous souffririons des peines éternelles si nous commettions le crime. Cet arrêt terrible et consolant, objet d'espérance et d'effroi, nous est annoncé. De cette immense éternité, pendant laquelle nous devons être, Dieu détache une portion de temps, pendant laquelle il nous place sur ce globe, pour opter entre les deux sorts qui nous sont proposés : nous avons devant les yeux et la vie et la mort. Nous connoissons clairement les conditions par lesquelles nous pouvons obtenir l'éternelle félicité, et éviter le malheur éternel. Ces conditions sont possibles par elles-mêmes, elles le deviennent encore plus par la grâce : c'est à nous de choisir; Dieu lui-même nous sollicite à préférer l'éternelle félicité : il nous en presse; la voix de sa bonté, cette voix douce et puissante, se fait sans cesse entendre à notre cœur. Nous rejetons obstinément le bonheur qu'il nous présente : il y a un sentier qui conduit dans les éternels abymes; nous y courons avec fureur, en insultant le Dieu qui veut nous retenir. Ce Dieu se jette au-devant de nous pour nous arrêter; nous nous arrachons de ses bras pour nous élancer dans l'abyme : nous y tombons, nous y sommes engloutis pour y rouler éternellement; et la porte de l'abyme se referme à jamais sur nous. Or, je demande si la justice de Dieu peut-être intéressée à délivrer de semblables criminels de leur supplice : je demande si de tels hommes peuvent avoir quelque droit de se plaindre de Dieu? Quelque terribles que soient les peines qu'ils subiront, ils ne souffriront jamais ce qu'ils ont voulu souffrir, que ce qu'ils ont choisi par préférence : ils n'ont donc aucun droit de se plaindre.

4°. C'est une maxime reçue dans toutes les lois et dans tous les gouvernemens, que la grandeur d'une offense se mesure sur la dignité de la personne offensée. L'outrage commis envers un être infini est donc une offense infinie; or, la justice exige qu'il y ait une proportion entre la peine et le crime. La peine doit donc être infinie; mais des êtres finis ne peuvent supporter l'activité toute-puissante d'une force infinie : les peines ne pouvant donc être infinies en dégrés, doivent l'être en durée.

En finissant cet essai sur l'éternité des peines, on est obligé d'avouer que c'est un abyme qui absorbe, qui engloutit l'esprit humain. Rien de plus effrayant pour l'imagination; nos yeux épouvantés se promènent avec effroi sur la vaste immensité de cette mer brûlante. Nous n'y découvrons que des objets éternellement lugubres, objets de désolation et d'horreur; une roue immense de douleurs, autour de laquelle les hommes coupables tourneront sans cesse, sans jamais trouver le point où elle finit; tel est l'horrible tableau de l'éternité des peines. Mais, quoi! parce que cette image est affreuse, faut-il chercher à l'affoiblir? Parce qu'une vérité est terrible, est-ce une raison pour la combattre? Ah! si les doutes qu'on peut former sur l'éternité des peines pouvoient l'anéantir, je vous affermirois moi-même dans vos doutes; je louerois cet esprit d'humanité, qui veut affranchir les hommes d'une terreur aussi importune; mais puisque les doutes ne peuvent rien changer à cet événement terrible; puisque l'éternité, si elle existe, subsistera malgré les efforts impuissans de votre raison, la voix de la sagesse, votre propre intérêt, vous commande de prendre le parti le plus sûr. Dans une incertitude, même égale, vous devriez toujours agir comme si les peines étoient éternelles. C'est une loi que la prudence vous impose, vous ne courez aucun risque en croyant; mais si l'éternité existe, et que vous ne la croyez pas, vous vous précipitez vous-même dans des maux éternels. Ainsi, pour vous résoudre à ne point croire, il ne faut pas simplement des doutes frivoles, il faut les raisons les plus décisives et les plus triomphantes. Or, je soutiens au contraire que vous avez les raisons les plus fortes pour douter de la vérité de votre sentiment. Ces raisons sont, 1°. l'autorité de la révélation qu'il faut combattre et renverser avant d'établir votre système, puisque l'éternité des peines est un dogme révélé. 2°. Si vous recevez la révélation, l'autorité des livres saints, où l'on trouve un grand nombre de passages dont le sens ne peut être équivoque, et qui tous établissent, avec la dernière évidence, l'éternité des peines, ainsi que l'éternité des récompenses. 3°. L'autorité de dix-sept siècles, pendant lesquels l'église entière, et tout ce qu'il y a eu de grands hommes dans l'église, a toujours cru l'éternité, et interprêté de la même façon les passages des livres saints sur ce sujet. 4°. La foiblesse de l'esprit humain, qui, limité par des bornes si étroites, ne peut être un juge compétent pour déterminer jusqu'où doit s'étendre la bonté de l'être suprême, et à quel point doit s'arrêter sa justice. 5°. L'impossibilité de connoître, par la raison, quelle est la peine proportionnée à une offense commise envers un être infini; car on ne peut connoître l'étendue de l'offense sans connoître la grandeur de l'être offensé; or, il n'y a que Dieu qui se connoisse lui-même; Dieu est donc le seul qui puisse décider de cette proportion.

Puisqu'il y a de si fortes raisons pour l'éternité des peines, vous devez du moins douter si les peines sont éternelles ou non; et dès-lors que vous doutez, si vous êtes un homme sage, vous devez régler votre conduite sur cette éternité terrible, comme si vous étiez sûr qu'elle existe. Mais si, malgré ces raisons de douter, prenant le parti téméraire de ne point croire, vous laissez flotter entre les mains du hasard le sort de votre destinée éternelle, bien loin de retrouver, dans une telle conduite, cette raison dont vous êtes si fier, et que vous faites tant valoir contre les droits du tout-puissant, je ne vois, dans cette affreuse indifférence, qu'un monstre qui m'étonne et m'épouvante.

FIN.

www.ingramcontent.com/pod-product-compliance
Ingram Content Group UK Ltd.
Pitfield, Milton Keynes, MK11 3LW, UK
UKHW031906260826
14628UKWH00003B/1028

9 782019 701567